下雨的書店：雨中森林

日向理惠子 著
吉田尚令 繪
涂祐庭 譯

「下雨的書店」的製書室，
會飄來書的種子。
只寫到一半的故事、
遭遺忘而沒有結束的故事，
在丟丟森林裡變成種子，
在雨水的滋潤下成長。

好久以前曾經夢到，
夢過之後便隨即遺忘，
那沉睡了好長一段時間的王國，
即將在此刻甦醒。

不曾在裂縫世界出現的
漂浮都市、玻璃瓶坡，
以及不知道為誰存在的占卜師，
聳立、翻騰，或是氾濫，
這裡到底是怎樣的國度呢？

帶著筆記本和筆，
追尋琉璃色小鳥的行蹤，
出發前往圖書館的深處吧。
「雨啊雨啊，下吧下吧，『下雨的書店』！」
前往下著雨的新地方。

登場人物

露子
人類女孩。
喜歡寫故事。

星丸
幸福的青鳥。
會變身成男孩。

莎拉
露子的妹妹。

本莉露
曾經是自在師的女孩。
喜歡閱讀故事。

舞舞子

古書先生的助手。
是個精靈使者。

書芊、書蓓

舞舞子的精靈。

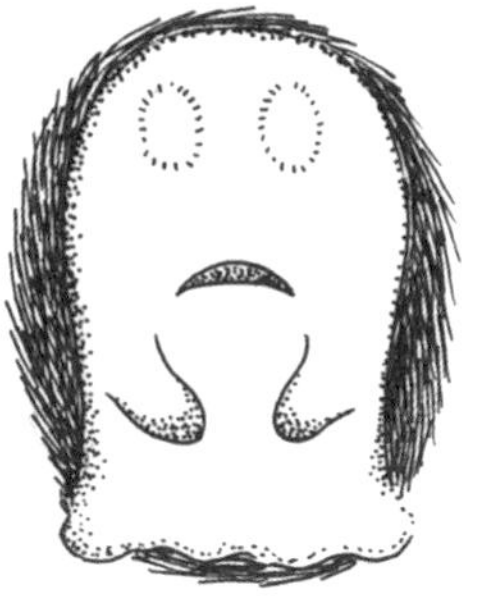

靈感先生

以作家為業的鬼魂。

古書先生

曾經滅絕的渡渡鳥。
「下雨的書店」老闆。

電電丸

雨童。
舞舞子的親戚。

七寶屋老闆

用各種奇特商品做
生意的青蛙。

目次

一　圖書館裡的陌生人

天氣預報看來並不準確，陰暗的天空似乎馬上就要下雨了。

露子加快腳步，並且小心不讓購物袋裡的東西傾倒。

露子的妹妹莎拉在市立圖書館等她。露子出去採買晚餐菜餚的期間，她應該正在請圖書館員幫忙找她想看的書。媽媽交代要買的可樂餅，一炸好便立刻裝進袋子裡，現在正飄散出讓人食指大動的香氣。

爬完楓樹夾道的斜坡後，圖書館便近在眼前。

「姊姊——」

莎拉用活力充沛的聲音呼喚露子。市立圖書館的牆壁，是有如年輕大象皮膚的明亮灰色。圖書館的大門口前，有個設了鐘塔和花壇的小廣場，莎拉拎著裝有書本的手提袋，在那裡等待露子。

「妳找到想看的書了嗎？」

露子一走近莎拉，莎拉就露出得意的表情，舉起手提袋給姊姊看。她非常喜歡這個縫著貓熊臉的粉紅色手提袋，裡頭書本的重量，使貓熊的臉頰歪向一邊，變成一副難為情的模樣。

「妳聽人家說，人家有好好拜託圖書館館員，請她幫忙找書，沒有害羞喔。」

莎拉一邊說一邊踩著小跳步，帶著翻飛的裙襬往前走。露子露出「真拿妳沒辦法」的表情，也帶著兩撮彈跳的小馬尾追上莎拉。

「我們得快點走，快要下雨了。」

被風吹動的烏雲開始籠罩天空，空氣中混雜著雨水的氣味竄入鼻腔。

露子和莎拉肩並著肩，準備踏上回家的路。就在這時，姊妹倆看向同一個方向，隨即停下了腳步。

有個人背對她們，凝視著圖書館前的花壇。那是一位穿著黑色上衣的男子，如果只是這樣，露子和莎拉其實沒什麼好在意的，不過那位男子認真的身影非比尋常，讓她們無法移開視線。

那個陌生人把臉湊近花壇，忘我的看了好一會兒，接著突然伸出手，抓起某個東西。

那名男子抓起一個看起來像是小石塊的東西，因為他把那個東西拿到眼前仔細端詳，所以露子和莎拉也看得一清二楚——那個亞麻色的螺旋狀物體，正忙亂的不斷扭動軟呼呼的身體。

那是一隻蝸牛。

男子把那隻躲進殼裡的蝸牛，放進黑色上衣的口袋。

他沒發現露子和莎拉一直盯著自己，逕自踩著若無其事的步伐走進圖書館。玻璃自動門吞下穿著黑色上衣的身影，一如往常的關了起來。

「姊姊，那個叔叔是誰啊？」

「我怎麼會知道。不過……」

對於莎拉的詢問，露子只能搖搖頭。她怎麼可能知道，那個帶著蝸牛進入圖書館的大叔是誰？不過……如果是做這種事的女孩，她倒是認識。

露子和莎拉能在圖書館和祕密世界來去自如。在那個祕密世界的入口前，有一間她們再熟悉不過的古書店。若要前往那間書店，就必須依靠專門帶路的蝸牛。

「……」

露子和莎拉看了看彼此，不發一語的快步跑進圖書館，她們身後的玻璃門也隨之關上。

圖書館裡充滿書本的氣味，剛才那個身穿黑色上衣的男子……早已不見蹤影。

透過兒童書區的落地窗，能看見外面的天空逐漸被烏雲占據。她們身上帶的東西都不能淋到雨，得趕快回家才行……但是她們現在滿腦子只想著剛才那名男子，睜大雙眼四處尋找他的身影。

她們從櫃台前經過。櫃台後方的圖書館館員，看到不久之前才離開的莎拉又回到圖書館，露出了疑惑的表情。

那個男子可能去了圖書館深處。露子她們一邊四處尋找，一邊維持相同步調在書櫃之間前進。

「咳咳！」

在沙發上看報紙的老先生突然大聲咳嗽，讓她們嚇得跳了起來。這時——她們在掛著「音樂史」分類的書櫃前，發現一道黑色的身影。莎拉一注意到那個人，便打算走過去查看。露子連忙拉住她的衣領，躲到書櫃的陰影處，靜靜觀察那個人要做什麼。

從那名男子的側臉，能看出他戴著眼鏡，年紀大概和她們的母親差不多。他的視線似乎沒有落在書背上，他從口袋裡拿出先前抓到的蝸牛，把牠放上書

櫃的層板，接著對蝸牛窸窸窣窣的說了些什麼。

或許——他是在詠唱咒語。

露子她們知道書櫃上的蝸牛正在晃動觸角，以眼睛難以跟上的速度滑溜溜的爬了起來。為什麼她們會知道呢？因為從她們的所在位置，能看出書櫃的輪廓在搖晃。男子一朝書櫃踏出腳步……他的身影便消失得無影無蹤，這一切都發生在眨眼之間。

那個瞬間發生的事和魔法沒什麼兩樣，要是不集中精神仔細觀察，很可能會以為是自己看錯了。不過露子和莎拉很清楚，眼前的情況並不是錯覺，她們也沒有看錯。

她們跑向蝸牛和男子消失的地方。現在書櫃已經恢復原狀，上面排放著數不清的書本，沒有任何可疑之處。不過直到前一刻還在圖書館的蝸牛和男子，如今已經完全不見蹤影。

他也用了一樣的方法……露子和莎拉使用圖書館的祕密通道時，也是那樣做的。

「姊姊，他一定是……」

莎拉板起面孔，露子也立刻點頭回應。

「嗯，他一定是去了『下雨的書店』。」

露子話還沒有說完，莎拉已經從口袋拿出桃紅色的蝸牛公仔。這個用光澤的貝殼和銀色金屬絲做成的蝸牛公仔，就是她們的嚮導。

她們用高亢的音調，悄聲詠唱那句祕密咒語。

「雨啊雨啊，下吧下吧，『下雨的書店』！」

轉眼間，應該是公仔的蝸牛動了起來。它的貝殼閃閃發光，像是獲得生命般跑了起來。

看不見的構造在露子和莎拉的周圍交疊，由書櫃構成的迷宮逐漸成形。迷宮裡的書櫃高聳得看不見頂端，櫃子上的書本相當巨大，而且比人的體重還重，書櫃間的通道錯綜複雜……

應該在複雜通道上漫步的蝸牛，前進速度卻如同奔跑中的貓咪。要避免在這個迷宮中迷路，唯一的方法就是緊緊跟著負責帶路的蝸牛，絕對不要跟丟。她們在迷宮裡左彎右拐，從如同樹幹分枝的無數岔路中選擇正確的道路，不時還在繞了一圈之後走回頭路。左右兩側能看見的，盡是數不清的書櫃。

露子和莎拉只顧著看走在前面的桃紅色蝸牛，因此當一隻亞麻色蝸牛從旁邊的岔路衝出來時，她們會嚇一大跳並且往前摔倒，也是理所當然的事。

兩隻蝸牛沒有相撞，牠們以毫髮之差驚險的擦身而過。

不過露子和莎拉不同，她們雙雙跌倒後就一直爬不起來。

因為她們的身體不斷向前翻滾，遲遲無法停下來。兩人剛才明明是沿著平坦的地板一路跑過來，現在卻沿著陡峭的坡道不斷往下滾。

她們就像是要滾向某個地方的裂縫——

兩種分不出是誰發出的尖叫聲，在書櫃迷宮裡四處迴響，音量也愈來愈大，甚至到了震耳欲聾的程度。

有個男子帶著驚恐的神情，從遠處看著她們，他就是露子和莎拉正在追逐的黑衣人。他伸手想救露子她們卻徒勞無功，露子和莎拉只能繼續不停的翻滾。

她們就那樣一直滾、一直滾，轉眼間，無數的巨大書本已經從視線消失，四周逐漸陷入一片漆黑——

二　照照美的庭園

陽光撫摸著臉頰，草香逗弄著鼻腔。

露子感覺自己在摔倒後，腿變得溼溼的，於是趕緊爬起身。她本來以為膝蓋擦出了傷口，實際一看卻好端端的，沾溼皮膚的原來是飽含水分的泥土。

放眼望去，四周沒有書櫃，甚至連一本書也沒有。落在她臉上的不是雨水，而是明亮的陽光。這個地方不是「下雨的書店」，到底是什麼地方呢？

「啊！」

莎拉的尖叫聲從背後傳來，回頭一看，有隻大如鴿子的蝴蝶停在莎拉的鼻尖，讓她驚慌不已。那隻蝴蝶停了一會兒，便拍著有如清水般透明的翅膀飛離。

她們看著碩大的蝴蝶愈飛愈遠，同時注意到這裡舉目所見盡是花壇、紅磚小徑、灑下樹蔭的樹叢，以及專心做著日光浴的花朵，一切是那麼的綠意盎然。

露子和莎拉似乎來到了某個庭園。這個庭園整理得漂漂亮亮，而且像是剛澆過水似的生氣蓬勃。她們起身環視周遭，想知道庭園的範圍有多廣，不過庭園之外似乎沒有任何道路或建築。花叢、高樹、矮樹，接著又是花叢，這些綿延不斷的景物活用透視法，讓精心設計的造型和色彩遍地跳舞，在風中搖擺。

「啊！」

莎拉忽然大叫一聲，睜圓著雙眼把裙子口袋整個翻了出來。

「姊姊！人家的蝸牛不見了……」

露子聽了大吃一驚。這麼說來，先前跌倒的只有莎拉和自己，桃紅色的蝸牛公仔好像就那樣繼續跑走了……

「怎麼辦……」

現在要怎麼去「下雨的書店」呢？露子跌倒的時候，不小心壓扁了袋子裡的可樂餅，她用手拍去袋子上沾到的泥土。莎拉則是緊摟著她的貓熊手提袋，外觀看起來似乎沒有弄髒。

「總之，我們先找找看附近有沒有人在，這裡一定是裂縫世界的某個地方。」

兩人離開草地，踏上紅磚小徑。這條小徑很奇怪，鋪設的磚頭小巧得能用鑷子夾起來，道路也非常狹窄，甚至無法容納露子和莎拉的腳。

雲朵悠閒的在空中飄浮，吸引昆蟲的花香使空氣變得香甜。這裡幾乎聚集了所有顏色的花朵，有白色、紫色、黃色、熊熊燃燒的火焰色、夜晚的天鵝絨色、白葡萄色，還有巧克力醬色——露子和莎拉不曉得該往哪裡走，於是決定朝藍色花朵綻放的方向，在紅磚小徑上踏出腳步。

她們沒走幾步路便開始眼花撩亂。這個庭園的東西，尺寸都非常荒唐。前一刻剛看到如同巨樹般高聳的勿忘草，下一刻便看到開著白色花朵的溲疏樹[1]只有一個線團的大小。接著，她們繞過化為天穹覆蓋在頭頂上，每個細胞都清晰可見的藍罌粟[2]根部，同時還得小心別踢壞塗著白色油漆的柵欄。

單純觀賞這個庭園，只會覺得這裡開著許多美麗的花，但是不知道為什麼，一旦開始走動，這個庭園的景物便會隨性伸縮，而且變化速度相當快，規模也相當誇張。

「莎拉，妳看。那邊說不定會有人。」

眼花撩亂的景色讓露子愈來愈不舒服。她一手摀著嘴巴，另一隻手指向前方。順著她的手指，能看見小小的圓頂建築，那肯定是一座涼亭。面色蒼白的莎拉踩著踉蹌的腳步，努力跟在露子身後。

香甜的氣味飄了過來，這股味道和花香不同，是砂糖和奶油……以及紅茶的味道。

兩人在每一塊都延伸得如公園般寬廣的紅磚上，避開跟傳說中的巨大海怪——海法師一樣大的水滴，千辛萬苦的來到涼亭。

這個由玻璃搭建而成的涼亭，纖細的柱子上攀附著茂密的白色和淺桃紅色的蔓性玫瑰[3]，每朵花都開得圓滾滾的，就像是剛舀起來的冰淇淋。鍍錫的澆水壺和水桶擺在一旁，露子她們看到澆水壺和水桶是正常尺寸，終於鬆了一口氣。

「竟然會有客人光臨庭園，真是稀奇呢。」

某個人開口這麼說。

涼亭中放著黃銅製的桌椅，先前聞到的香氣就是從那裡飄來的。坐在椅子上喝茶的人看到露子和莎拉，對她們露出了笑容。

1　植株高約一到四公尺的落葉植物，花朵多為白色。

2　罌粟科綠絨蒿屬的一種直立草本植物，花朵呈現藍色或紫色。

3　枝條柔軟、分枝較多，易於隨支架調整造型的玫瑰品種，常用於園藝造景。

「要不要過來一起坐？」

四周的景物已經不再變化尺寸，露子和莎拉謹慎的看了一圈涼亭內部，確認再也沒有東西會隨意伸縮。坐在椅子上的女性，戴著一頂大大的遮陽帽，身上穿著一襲雛菊色洋裝。

遮陽帽的帽簷上，停著一隻具有珍珠色翅膀的活蝴蝶，正好成為帽子上的蝴蝶結裝飾。

露子和莎拉對彼此點了點頭。接著，露子往前踏出一步，詢問那名女子。

「很抱歉擅自闖進妳的庭園。我們想去『下雨的書店』，請問妳知道這間店嗎？」

女子聽到「下雨的書店」，那對大眼睛便湧現出早晨天空的氣息，搖曳著水藍色和玫瑰色的色彩。沒看錯的話，她那閃閃發亮的眼睛深處，寄宿著如同朝露般的光芒。

「哎呀！那間店我很熟喔，我的姊姊就在那裡工作。我的姊姊是舞舞子，妳們應該認識她吧？」

「妳是舞舞子的妹妹？」

舞舞子既是精靈使者也是「下雨的書店」的助手，她的名字突然冒出來，讓露子和莎拉都嚇了一跳。她們叫得太大聲，嚇得某處的小鳥倉皇飛走。

自稱是舞舞子妹妹的女性，微微傾斜著宛如陶瓷人偶般高雅的臉，帽子上的蝴蝶也優雅的拍了拍珍珠色翅膀。

經她這麼一說，感覺她的神韻確實有點像舞舞子。雖然她不像舞舞子留著披散到背部的長鬈髮，而是把頭髮盤在後腦杓收進帽子裡……但不論是彎弓狀的眉毛、杏仁狀的眼睛，還是笑容常駐的嘴角，看起來都和舞舞子如出一轍。最重要的是，這種瞳孔中搖曳著奇特色彩的人，除了露子和莎拉眼前的女性及舞舞子以外，便找不到其他人了。

「我也差不多要去『下雨的書店』了，我們就一起去吧。對了，妳們為什麼會來到我的庭園？」

女子起身之前，先把靠在桌子一角的枴杖拿過來。她似乎行動不便，必須撐著枴杖才能站起來。包覆著她纖瘦身體的洋裝，看起來像是用盡所有找得到的盛開雛菊製作而成。

忽然間，有張臉從她穿著洋裝的肩上冒了出來，原來是一隻披著金色毛皮的小猴子。吱——小猴子發出尖銳的叫聲，讓露子和莎拉嚇了一跳。女子看到這一幕，愉快的咯咯笑了起來。

「牠是松鼠猴[4]，名叫麥哲倫。哎呀，我都忘記自我介紹了，我和姊姊不同，總是迷迷糊糊的……我是照照美，是這個庭園的園藝師。妳們呢？」

露子想著自己早晚得習慣這裡的人都是叫一些奇奇怪怪的名字，莎拉則是整個心思都放在松鼠猴那看似柔軟的尾巴上。於是，露子連同莎拉一起介紹。

「我是露子，她是我妹妹莎拉。我們平常都是從市立圖書館去『下雨的書店』，今天不知道為什麼會誤入這個庭園……我想可能是因為我們在書櫃迷宮裡跌倒造成的……」

「天啊，是這樣啊。」

照照美帶著愉悅的笑容，叩、叩、叩的拄著枴杖開始行走。那根枴杖的模樣，是捲起鼻管的象頭造型。

「麥哲倫，幫我拿籃子來，我們把肥料帶去給姊姊吧。露子、莎拉，如果

4　屬於捲尾猴科的小型新世界猴，主要生長在南美洲，體型嬌小，不具有攻擊性。

妳們願意幫忙，我會非常高興的。」

小猴子靈巧的順著照照美的手臂往下爬，從涼亭的角落把籐編的籃子拖過來。牠的脖子上掛著用繩子串起的小瓶子，每當牠一有動作，那個瓶子就跟著晃來晃去，並且一閃一閃的反射出光芒。

小猴子抬起熬煮成濃郁糖球般的雙眼，依序看向露子和莎拉。莎拉二話不說，立刻從牠那裡接下籃子。籃子裡裝著一大堆像是砂糖屑的白色顆粒，由於籃子已經交給莎拉，露子便幫她拿放著圖書館借閱書籍的手提袋。露子原本拿著的可樂餅早已不成原樣，但也不能隨意丟棄。

（我們能在吃晚餐前回去嗎……媽媽看到壓壞的可樂餅，會不會生氣啊？）

露子低著頭，跟隨照照美的腳步走出涼亭——突然間，庭園裡各式植物的尺寸又變得忽大忽小，而且變成這樣的還不只有植物。

「啊！」

露子的尖叫聲讓身旁的雲朵顫抖了一下。露子的身體轉眼間變得無比巨大，甚至還直入雲霄。照照美置身在遙遠的下方，站在露子比涼亭還大的腳掌前。

變成巨人的露子，擔心自己會不小心把誰踩扁，所以一直僵著身體不敢動。不過莎拉跑到哪裡去了？

「哎呀哎呀。」

照照美抬頭仰望露子，並且舉起枴杖。

「妳們還沒有適應這個庭園呢。麥哲倫，把蜜拿給她們喝。」

照照美肩上的小猴子聽從吩咐，再度順著她的手臂往下爬，屈身鑽進小徑旁的青苔。在距離露子相當遙遠的下方，莎拉像香菇一般冒了出來，看來她剛才是縮小到肉眼看不見的程度。

接著，麥哲倫沿著露子巨人般的身體一個勁往上爬。這種感覺就像有螞蟻在身上爬似的，讓她癢得不得了。但是露子亂動很可能會把莎拉和照照美踩扁，所以她拚命憋住呼吸，站穩腳跟。

小得像是一隻跳蚤的猴子爬到露子嘴邊，把小瓶子塞進她的口中。甜美的滋味從嘴脣滲進口腔，下個瞬間——

咻！

露子的身體往下收縮，在強大的衝力之下，她一屁股跌坐到紅磚道上。露子身旁是腳步踉踉蹌蹌的莎拉，她臉色蒼白得宛如剛走下劇烈搖晃的船隻。

露子抬起頭，看見拄著柺杖的照照美一臉開心的笑著。

「呵呵呵，嚇到了嗎？如妳們所見，我的腳不方便行走，用這種身體狀態做園藝師的工作會很不方便，所以我對庭園做了些手腳，讓身體能配合庭園變大變小。修剪植物下層的枯葉，或是尋找根部病因的時候，把身體縮小會比較方便；修剪高處的樹枝，或是要大面積翻土的時候，則會把身體變大。不過像今天這樣有客人來的時候，大家就會不知所措了。莎拉，妳有好好拿著籃子嗎？把肥料送給姊姊的任務就交給妳囉。」

照照美開朗的語調，和灑進庭園的陽光一樣燦爛，讓這個午後顯得更加美麗。小猴子麥哲倫回到主人的肩上，用玳瑁色糖球般的雙眼盯著露子和莎拉。

露子和莎拉大大鬆了一口氣，她們互看一眼彼此不安的表情，隨後跟上這位悠哉的庭園主人。

她們走過花壇，經過工具小屋，看了一眼為鳥兒準備的水盤，然後穿過樹林隧道，來到有大片紫晶色藍花楹[5]灑落的樹蔭下。

在紫色的陰影中，一面紅磚牆出現在眼前，鐵門的後方透露出冰冷的黑暗。

「我每次都是走這裡去找姊姊。」

照照美頭也不回的說，同時把枴杖上的象牙插進厚重的門鎖。聽到象牙曲線和門鎖相符的咬合聲後，門鎖隨之解開。照照美用她纖細的手拉開鐵門，門隨即發出刺耳的嘎吱聲，顯現出裡面幽暗的階梯。

莎拉扯了扯露子的袖子。她垂下眉毛，抬眼看著自己的姊姊。

（我們繼續跟著她走好嗎？）

露子明白莎拉這麼問的心情，畢竟露子自己也有些不安。

（她都說自己是舞舞子的妹妹了——）

對此刻的露子和莎拉而言，除了跟著眼前的人走，她們沒有其他前往「下雨的書店」的方法。

露子默默點了點頭，牽著莎拉的手，踏上散發古老泥土氣味的階梯。

5　紫葳科藍花楹屬植物，春天至初夏開花，樹形優美多作為行道樹的樹種。

三　地底河與被囚禁的巨人

「這樣啊，可能是兩條路線發生混亂，妳們才會來到我的庭園。」

沿著樓梯不斷往下走的期間，露子向照照美仔細說明她們誤入庭園的經過，照照美一邊聽著，一邊開朗的點頭。跟在她後面的露子和莎拉，只看得見照照美那頂用真花和活蝴蝶裝飾的大帽子，還有麥哲倫的金色尾巴。

「會發生那種事嗎？不過當時那個男人到底是誰呢？照照美，我問妳，常常有人從外面的世界造訪裂縫世界嗎？」

「偶爾會有喔，但我從沒看過妳們以外的人就是了。」

階梯以陡峭的角度，綿延不斷的向前曲折延伸。好在牆上生長著會散發青白色光芒的香菇，腳邊也有從內部透出光芒的水晶，所以不用擔心會陷入伸手不見五指的情況。不過腳下的石階非常潮溼又長著青苔，所以還是得謹慎前進以免滑倒。

叩、叩——照照美的楞杖發出規律的聲響。她明明說過自己的腳行走不便，腳步卻沒有絲毫遲疑，一副已經很習慣走這條路的樣子。莎拉打起精神，奮力提起照照美的籐籃，以免把它弄掉。

生長在牆上的發光香菇三不五時會噴出孢子，飄散出星屑的粉末。

「好，我們到囉。」

照照美這麼說完，前方也變得一片明亮。她們到達了階梯的最底部。

「哇……」

露子和莎拉不約而同的發出讚嘆。

她們眼前出現了足以容納一座市鎮的廣闊洞窟。黑色岩石上的一簇簇水晶，如同光的水滴般散發出點點亮光；與生長在階梯上相同種類的香菇，噴發出青白色的孢子，看起來就像是螢火蟲在飛舞。鐘乳石畫著螺旋朝地面延伸，地面則有形狀相同、高度不一的石筍林立。

在洞窟的中央，有一條水勢和緩的河流。雖然看不出河流的深度，但是水流清澈透明到恐怖的蜿蜒水面，讓露子看得直起雞皮疙瘩。那是一條極為澄澈幽暗的河流，彷彿只要不小心碰到，手上的髒汙就會在轉瞬間擴散到水中。

「妳們要小心喔。」

照照美在嘴脣前豎起食指。

「這裡有精靈。妳們也知道，精靈很在意規矩，要是惹他們生氣會很麻煩，所以我們要把這個帶在身上才行。」

照照美摘下三朵長在她身邊的香菇，並且用纖細的手指舉起它們。接著，麥哲倫從照照美的肩上快速爬過去，用掛在脖子上的小瓶子，朝那三朵香菇各滴了一滴蜜。

才一眨眼的工夫，原本只有一個指尖大小的香菇，突然變得像雨傘似的張開菇傘。照照美將其中一把留給自己，另外兩把則分別交給露子和莎拉。

「好，我們走吧。」

發出青白色光芒的香菇在一瞬間長大，但是它的亮度絲毫沒有改變。照照美一進入香菇傘下，她身上的雛菊色洋裝便染上了奇異的色彩。

「精靈在哪裡啊？」

莎拉接過香菇傘，踮起腳尖詢問照照美，不過照照美並沒有回答她的問題，只是對她笑了笑。莎拉只好自己睜大眼睛尋找，向前踏出腳步。露子聽從照照美的指示撐著香菇傘，同時抬頭想觀察她的臉，但是照照美早已把臉轉向前方，只有她肩上的松鼠猴張著圓滾滾的大眼睛，一副不肯相信露子和莎拉的模樣，盯著她們不放。

「照照美，妳也是精靈使者嗎？」

露子傾斜香菇傘避開猴子的視線，開口這麼問。照照美的姊姊舞舞子是精靈使者，她帶著書芊和書蓓這兩個討人喜歡、工作勤奮的精靈，一起為客人尋找適合他們的書籍。

遮陽帽的帽簷晃了晃，所以露子知道她在搖頭。

「不是。我之前說過自己是園藝師，有時候也是博物館的館長，像我這種迷糊的人，和精靈是處不來的。我平常很少走地下這條路，今天是因為要送東西給姊姊才會走這裡。」

洞窟內的空氣充滿涼意，甚至讓人覺得有點冷。直到這時，露子才想到她們穿的是運動鞋，她的是水藍色，莎拉穿的則是粉紅色圓點圖案。她們以前來裂縫世界，總是穿著長靴和雨衣——因為之前每次去「下雨的書店」，總是剛好遇上下雨天——不過今天她們沒帶任何雨具，而是把發光的大香菇當作雨傘使用。

露子小心翼翼的捲起購物袋，以免袋子發出窸窸窣窣的聲響。頓時，一股不安襲上心頭，畢竟她從來沒有從這種地方去過裂縫世界……現在她們居然要在身上沒有任何雨具的狀態下，走其他路徑前往「下雨的書店」。

照照美絲毫沒有發現露子的不安，逕自拄著枴杖往河流走去。

「我們要怎麼去『下雨的書店』？」

對於這個提問，照照美撐著傘看向河流，用蘊含笑意的聲音回答。

「這裡有定期運行的交通船。」

照照美筆直的背影如同莖幹挺立的花朵。香菇傘微微透著光，顯露出她那頂裝飾著花朵的帽子，以及麥哲倫晃來晃去的尾巴。

若要說這裡會有的交通工具，那就是船了吧。露子曾在牙醫診所的月曆上，看過船夫划著長長的船槳，搖著小船航過運河的照片。不過……從上游過來的並不是真正的船。從洞窟內悠悠哉哉順流而下的，是一隻一會兒往左一會兒往右相當高齡的烏龜。這隻烏龜的甲殼大得能放下容納四個人用的餐桌，而且上面裝有類似鳥籠的鐵柵欄。

烏龜游到照照美她們的面前（雖然牠也有可能只是很悠哉的漂了過來），把甲殼固定在岸上停了下來，用宛如盛滿乾淨泥土的眼睛，抬頭看向照照美一行人。牠長有結實爪子的前腳，緊緊攀著岸邊的岩石。

「妳們看，我們來的時間剛剛好。」

照照美抓住鐵柵欄後，左腳使力爬上烏龜的甲殼。

她之前說自己迷迷糊糊的，也許就是這個意思。如果向照照美搭話，她會開口回應沒錯，但是總給人一種心不在焉的感覺，而且她似乎認為只要是自己知道的事情，露子她們也一定知道，所以有時候會遺漏某些重要的說明。

「一定沒問題的，莎拉。」

想為莎拉加油打氣的露子，一看到莎拉的眼睛閃閃發亮，便嘆了一口氣。看樣子，莎拉早已為接下來的冒險興奮得不得了。

（希望能快點找到她的蝸牛……）

露子一邊爬上烏龜殼，一邊回想先前兩人摔倒時，連忙把手伸過來的那位戴眼鏡的大叔長什麼模樣。甲殼上覆蓋著青苔和花朵，就像是一座小小的島嶼。照照美輕輕提起裙襬，在甲殼上坐下，露子和莎拉也像她那樣坐了下來。接著，烏龜四平八穩的重新開始游泳，完全沒有因為背上多出露子她們而受到影響。

她們一離開岸邊，周圍的岩石陰影便冒出一顆顆小小的頭。那些小小的頭像是小石子似的，上面長著柔軟直立的毛髮，還能看到布滿金銀線條，在昏暗環境中依然鮮明的翅膀——小巧得足以握在手掌心的頭不斷增加，最後好幾百個精靈密密麻麻的盤據在洞窟牆壁上，看著露子她們逐漸遠去。藍色、紫色、金色、朱紅色、黑色，精靈的色彩各有不同，但是外型都長得一模一樣。他們用小小圓圓的眼睛，抱持高度警戒心，緊盯著露子一行人。

「妳們看吧。」

照照美心情很好的看向頭頂的香菇傘。

「要是沒有這個，我們早就被那些精靈抓走了。莎拉，籃子要拿好喔，要是掉進河裡就撿不回來了。」

莎拉張大著嘴，回頭看那一大群精靈。聽到照照美的提醒後，她才回過神來把身體靠向露子。岸上那些數不清有多少對的小小眼睛，仍然在陰暗的洞窟中發出詭譎的光芒。

「我們快到『下雨的書店』囉。」

照照美笑咪咪的宣布。松鼠猴從她的肩上往露子那裡看，露子為了避免從烏龜殼上滑落水中，所以重新坐直身體，像莎拉抱著籃子那樣，把裝著書籍的手提袋和早已被壓扁的可樂餅袋子抱到胸前。

洞窟內部到處都是發光的香菇和水晶，在微光的照射下，地底河無聲無息的流動，寂靜到甚至讓人感到恐懼。烏龜載著巨大的鳥籠，順暢的往河流下游前進。

剛出發時，露子和莎拉還乖乖坐在香菇傘的陰影下，但是她們逐漸無法壓抑好奇心，開始隔著鐵柵欄觀察洞窟內部。有些長成螺旋狀的鐘乳石後方，有精靈探出頭來，在那些精靈的背上，能見到薄薄的雲母色翅膀在拍動。他們不同於書芊和書蓓，是住在洞窟裡的野生精靈，所以穿的不是小丑裝而是碎布、花瓣、魚鱗、銀色鼠皮等各種東西的混搭物。

有個大得不得了的身影，遠遠從烏龜的下方穿過，並且愈游愈遠。那是鯰魚嗎？有沒有可能是山椒魚？香菇把孢子散盡後，傘蓋開始裂解，如同水母般飄向空中。

露子和莎拉專注欣賞洞窟內的景色，甚至忘了要說話。但是突然間，她們發出了短促的尖叫。

「照照美，那是什麼？」

洞窟某處的岩壁被刨開，並且設有鐵欄杆。在早已鏽跡斑斑、老化腐朽的欄杆後方，有某種生物存在。烏龜不懈怠的繼續游泳，載著露子一行人從那個生物的前方通過。

那個生物的雙眼凝視著露子一行人，他們確實對上了視線。

鐵欄杆的另一邊，能看到一對張到最大的眼睛，和被濃密尖刺披覆，如同參天巨樹的臉龐。那個生物是巨人，巨人用分不清是淡綠色還是灰色的雙眼凝視她們，眼睛連眨都沒有眨一下。他那被尖刺披覆的臉龐，包括長鼻子、方下巴，以及抿成一條線的嘴巴，都像是由堅硬樹木或岩石做成的。

面對突然出現的異樣存在，露子和莎拉不由得瑟縮起來。鐵欄杆鏽蝕得很徹底，無論什麼時候斷掉都不奇怪。要是巨人朝她們伸出手，想抓住她們的話……

不過巨人只是一動也不動的待在原地盯著她們看。他的臉上沒有任何表情，張大的眼睛裡淨是空虛。雖然他的視線看著這裡，卻似乎什麼都沒有看見。漆黑寒冷的氣息，從那雙眼睛吹進她們的胸口。

鐵欄杆後方的巨人沒有任何動作，就那麼看著渺小的人類順流而下。

「照照美。」

儘管已經從巨人的前方通過，露子和莎拉還是覺得很恐怖，自然而然的把身體挨向照照美。

照照美不改先前的笑意，低頭看向她們。

「那是巨人，被囚禁的巨人。他因為做了壞事，一直被關在那裡。」

「他做了什麼壞事？」

「這個嘛，我也不知道是什麼事。」

照照美滿不在乎的語調，或多或少讓露子感到有些煩躁。

「那個巨人都沒有眨眼睛耶。」

莎拉的聲音顫抖著，但是照照美無動於衷的撫摸麥哲倫的背。

「沒錯，那個巨人不會眨眼，所以什麼都看得見。不過在那樣的地下牢房，也沒什麼東西能看就是了。」

照照美用稀鬆平常的語氣回答。這時，原本揪著照照美洋裝的露子連忙把手放開，她擔心要是自己把那件雛菊色洋裝抓出皺紋，照照美可能會在意。

洞窟內陰暗寒冷的氣息滲進胸口，露子不由得緊緊摟著莎拉的手提袋。

不論露子還是莎拉，她們都沒在裂縫世界看過那麼恐怖的東西。那雙巨大

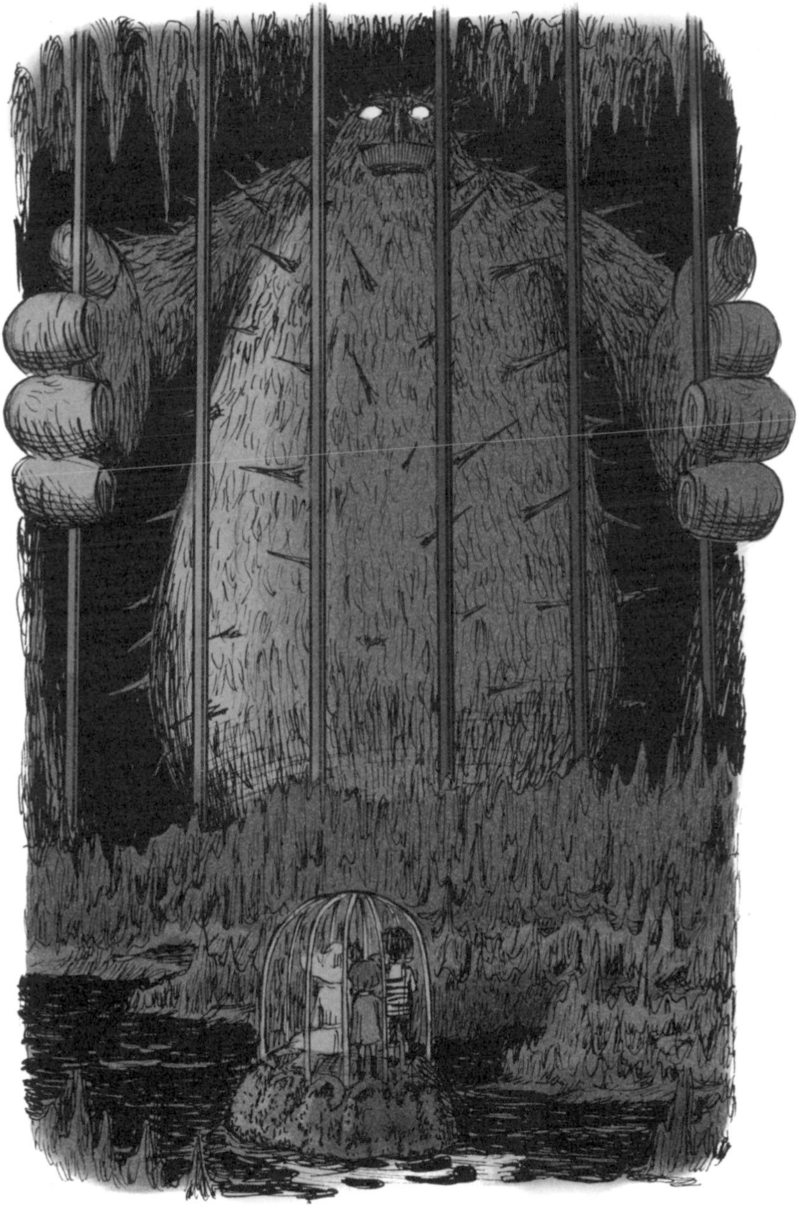

的眼睛明明盯著這裡，卻無法得知他在看什麼、想什麼。

過了一陣子，前方終於微微的亮了起來。

在搭乘烏龜的對岸，有石頭砌成的階梯，那些石頭清一色是書本的形狀。烏龜把甲殼靠到石書階梯旁，在大家上岸的期間，牠一直用爪子攀著岸邊，一動也不動的耐心等待。

「好，我們就快到囉。」

照照美拄著枴杖踏出腳步，她把萎縮的香菇傘放到岩石後方。香菇在達成使命後，便軟趴趴的收起青白色傘蓋，變得乾乾癟癟的。

這時，烏龜正準備游泳離開。

「啊，謝謝你！」

露子趕緊對烏龜揮手道別。隨後她馬上想到，自己是不是不用謝謝烏龜載這一程？還有烏龜吃不吃可樂餅？不過甲殼上有個鳥籠的烏龜，已經順著幽暗的河流往下游前進。

剛才的巨人讓莎拉驚魂未定，一直緊抓著露子的手臂不放。這一次，照照美拄著枴杖沿石書階梯往上爬，跟在她後面戰戰兢兢前進的露子和莎拉，出於驚訝和安心，不約而同的放聲大叫。

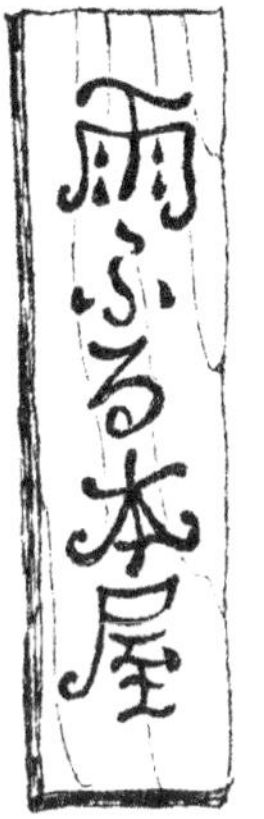

（下雨的書店）

石階的頂端有一扇小小的木門，門上刻著她們再熟悉不過的美術字。

麥哲倫爬下照照美的肩膀，幫忙轉動門把。門一開啟，便聽見歡迎她們到來的雨聲。

四　製書室的異變

露子她們從有河流的洞窟，爬上書本形狀的石頭階梯，然後開啟出現在那裡的門。但是一走進那扇門，她們就和往常穿過書櫃迷宮的方式一樣，置身在「下雨的書店」裡。也就是說，雖然入口的位置完全不同，她們似乎還是穿過了和往常一樣的那扇門。

懸吊在天花板上的薰衣草色鯨魚，像在迎接露子一行人似的噴出一連串肥皂泡泡，鯨魚的旁邊還掛著天體模型，以及馬口鐵做的人造衛星。覆蓋在地上的青草看起來生氣蓬勃，呈現出明亮的翡翠綠。從天花板滴滴答答落下的雨水，也像往常一樣輕柔。

露子和莎拉都為自己總算來到「下雨的書店」鬆了一口氣。當她們看到精靈使者舞舞子，從彎曲樹木做成的書櫃後方現身，立刻朝她跑了過去。

「舞舞子姊姊！」

莎拉一把揪住舞舞子的苔綠色洋裝。舞舞子伸手安撫莎拉，在她鬈髮四周飄浮的珍珠顆粒也隨之搖晃。舞舞子的精靈——書芊和書蓓很高興看到露子她們來訪，頭上的三叉帽尖一直晃個不停。

「莎拉、露子，歡迎妳們——哎呀，還有照照美！今天吹什麼風，讓妳和她們一起來了？」

舞舞子看到照照美笑咪咪的出現在店裡，顯得相當驚訝。她們一個穿著雛菊色洋裝，另一個穿著苔蘚和蜘蛛絲做成的洋裝，兩個穿著洋裝的人站在一起，頓時為店內增添不少華麗氣息。

「妳好啊，姊姊。露子和莎拉迷路到我的庭園，而且我想妳差不多要用到肥料了，所以就跟她們一起過來。」

照照美說明來意後，莎拉挺起胸膛，把一路上小心翼翼抱著的籐籃交給舞舞子。

「哇……」

舞舞子歪著頭，一副不敢置信的模樣。這時，松鼠猴從照照美的肩膀探出牠的小臉，書芊和書蓓見狀，連忙捲起羊皮紙披風，躲到舞舞子的背後。

「妳照顧的沙漠桃，用這個肥料還不錯吧？之前送給古書先生的《籐葉報》，他還喜歡嗎？」

舞舞子和照照美即將打開話匣子，但是露子和莎拉還有事情得先問清楚。

「舞舞子，我問妳喔，有沒有男人來過這裡？他穿著黑色上衣，還有戴眼鏡……」

露子劈里啪啦的說完後，舞舞子張大了她黃昏色的眼睛。舞舞子那雙水靈靈的眼睛，會隨心情變換成藍中帶金，看起來非常美麗。

「沒有，今天的第一批客人就是妳們。這不是重點，看看妳們兩個！今天怎麼沒有穿雨衣呢？腳上也沒有穿長靴。不管怎麼說，那樣可是會感冒的。來，快點穿上這個——」

舞舞子用十萬火急的速度，打開有盆栽和玻璃人偶坐在上面的小櫥櫃，從裡面取出疊得整整齊齊的黑色雨衣，然後又從小櫥櫃旁邊的傘架，拿來用白色翅膀組成的精緻小傘。

她交給露子和莎拉的，是兩人的飛行用具——蝙蝠雨衣和羽毛傘。這兩樣東西是飛行用具，不過也可以作為雨具使用。

「對了，露子妳手上的東西不能被雨淋溼吧？先交給我們保管吧。」

舞舞子從穿好蝙蝠雨衣的露子那裡，接下手提袋和購物袋。書芊和書蓓扛著那兩樣東西，把它們搬去書櫃後方。

「來來來，這裡坐。」

舞舞子一打完招呼，香菇就從地面冒了出來，並且長到和椅子差不多的大小。照照美優雅的坐上最大朵的香菇，但撐著白色羽毛傘的莎拉，迫不及待的繼續追問。

「靈感鬼哥哥呢？還有古書先生在哪裡？」

「下雨的書店」的渡渡鳥老闆，平時總是坐在店內深處的桌子後方，今天卻不見他的身影。至於莎拉口中的「靈感鬼哥哥」，則是在這裡工作的鬼作家。鬼魂如果不在店裡，十之八九就是在寫作室裡閉關。

桌子上堆著像山一樣高的書塔、墨水壺、紙鎮、裝著彈珠的氣壓計、放大鏡等各種雜物。舞舞子將照照美裝肥料的籐籃放到桌邊，然後把手貼上她小巧的臉頰。

「妳們為什麼會跑到照照美的庭園？還有那個黑衣男子是誰？我們店裡也發生了奇特的事情，沒想到怪事竟然會接二連三出現。」

「奇特的事情？」

露子和莎拉睜大眼睛。舞舞子困擾的垂下眉毛，對她們點點頭。

「妳們去古書先生那裡就知道了，他在製書室——照照美，謝謝妳把肥料拿來，樹長得不是很好，我正有些擔心呢。方便的話，妳可以幫忙看看嗎？」

舞舞子告知露子和莎拉古書先生的去向，然後開口尋求照照美的協助。照照美大概有點疲憊，她坐在椅子上點頭答應。

「妳先喝杯茶，稍後我再好好準備點心。」

舞舞子話語方落，地上又冒出了一朵香菇。這朵香菇的傘蓋平坦，上面放著茶杯，茶杯旁邊還有蜂蜜和切片檸檬。照照美坐在椅子上，笑咪咪的對她們揮了揮手。

在桌子後方的房間盡頭，有一扇不同於入口的木質大門。穿過那扇大門後方的青苔走廊，就會抵達「下雨的書店」製書室。

青苔走廊被四處飛行的螢火蟲照亮。這裡有點像先前照照美帶她們走過的地下階梯，但是這裡比地下階梯狹窄很多，地面和牆壁也因為覆滿青苔感覺鬆鬆軟軟的。在舞舞子的帶領下，露子和莎拉在香甜的青苔氣味中穿過走廊，來到寬敞的房間。

製書室是一個環繞著玻璃地板，有如圓形水池的房間。房間的地板是一片澄澈明亮的湖，遍布在湖面上的睡蓮，綻放著像是玻璃紙的花瓣，而且數量多

到數不清。

極光色的花朵上，沾著果凍般的水潤珠子。那些五顏六色的珠子，就是一個個在創作途中被人類遺忘的故事。沒有「劇終」的故事，會在這裡淋著雨，憑藉雨水的記憶將故事串起，逐漸成長為「下雨的書」。

「喲，是妳們啊。」

古書先生站在玻璃地板上，凝視著湖中的花朵。他輕輕舉起玻璃菸斗，向露子她們打招呼。露子原本還搞不清楚舞舞子說「店裡發生了奇特的事情」是什麼意思（畢竟這裡本來就是一間奇特的古書店，不管發生什麼事都不足為奇），但她一來到製書室，便馬上明白了。

在漂浮著無數花朵的湖面中央，有一朵特別碩大的花停留在花蕾階段。

「那朵花是從哪裡來的？」

露子開口詢問。

製書室裡的花，都是順著玻璃地板下的水路而來。人們遺忘的夢、寫到一半的故事，這些東西的種子會在名為「丟丟森林」的地方聚集，然後從那裡一路流過來。但是露子她們從沒見過大到要用雙手才能環抱，而且還是尚未綻放的花朵。

古書先生粗壯的雙腳壓在薄冰般的玻璃上，他沉重的上下晃動過大的鳥喙。

「唔……我也不曉得。那個花蕾不聲不響的出現在這裡，而且不偏不倚的停在正中央。它目前沒有要開花的跡象，不知道裡面究竟藏著怎樣的故事種子……」

古書先生眨了幾下滿月形鏡片後的眼睛，並且用菸斗的吸嘴搔搔額頭。

「會不會是一本很大很大的書？」

莎拉把手上的傘轉了一圈，語氣開朗的說。不過古書先生眉心的皺紋並沒有消失，面對眼前奇特的事態，覆蓋他全身的羽毛蘊含著一絲緊張感。

「唔，目前還無法肯定，不過根據我涉獵成千上百篇文獻所得到的結果……它很可能誕生出極為壯闊的故事，這說不定會成為『下雨的書店』開張以來，首部足以名留青史的大作。」

古書先生說著說著就激動起來，尾羽也跟著抖了一下。

巨大的花蕾維持著圓潤飽滿的外型，在水面上漂浮。若說那是某種生物的蛋，看起來倒也挺像的。這個花苞緊緊懷抱著某樣特別的東西，朝內部闔起的花瓣尖端，寄宿著神祕的靜謐。

「古書先生，雖然現在是工作時間，不過我妹妹照照美來店裡了，她想知道你對《藤葉報》的感想，你要不要去跟她見個面？」

聽見舞舞子的呼喚，古書先生的尾羽往上彈跳起來。

「什麼！妳妹妹嗎？我一定要見見她。本來想說得到了那麼好的讀物，得寫封信謝謝她呢。」

古書先生興沖沖的朝青苔走廊走去，露子和莎拉也跟在他的大屁股後頭。

在回去店面之前，露子又回頭看了一眼尚未綻放的花。那朵花的內部似乎藏著會發光的物體，帶有玻璃紙光澤層層疊疊的花瓣，散發出搖曳的色彩，在水面上靜靜漂浮著。

五

《藤葉報》上的怪異報導

一打開通往店內的木門，愉快的談話聲便傳了過來。

「好好喔，有尾巴真方便，我也好想有一條。不過尾巴在飛的時候，會不會很礙事啊？」

古書先生在店門口停下腳步，嘆了一口氣。露子則是半推開他的身體，衝進店內。

「是星丸！」莎拉也開心的大叫。

星丸轉頭看向她們。他把麥哲倫放在自己頭上，握著麥哲倫那條垂到他臉頰旁邊的金色尾巴。

「嗨，大家都在啊！」

穿著藍色上衣，總是打赤腳，而且額頭上有白色星星的星丸，是「下雨的書店」的常客。麥哲倫動手整理他亂蓬蓬的頭髮，讓他癢得咯咯笑。

「舞舞子，妳妹妹很厲害耶！妳看，盆栽裡的沙漠桃已經長到這麼大了。」

舞舞子聽了星丸的話，看向總是擺著盆栽的書櫃。「下雨的書店」的書櫃不但有書，還有人偶、花朵、標本、糖果罐等物品，只要是有趣的東西幾乎都會收羅——不過原本擺放盆栽的地方不見盆栽的蹤影，反倒是草地上的鍍錫水

桶裡，長出一棵快頂到天花板、盛開著白色花朵的樹。

「原本的盆子太小了，所以我把它移到舊水桶裡。妳不介意吧？」

「嗯，當然不介意……」

舞舞子帶著不敢置信的表情，望向在自己去製書室的這段期間，以驚人速度長大的桃樹。書芊和書蓓興奮得不得了，在花朵的周圍飛來飛去。這棵沙漠桃的樹上掛著嬰兒般稚嫩的葉子，花瓣間蘊藏著淡淡的桃紅色，用白雪般的光輝將店內打扮得繽紛浪漫。

「喲！照照美，歡迎歡迎。妳送的《藤葉報》相當有意思，我每天早晚都一定會閱讀喔。哎呀，這可真是得到好東西了。」

古書先生笨重的踩著地板走向照照美，接著輕輕握住她的手。

「你能喜歡是我的榮幸。」

照照美輕點一下頭，露出微笑。

「我們來喝下午茶吧，我要等不及了！」

星丸在原地跳上跳下。他來這裡的目的只有一個，那就是舞舞子準備的茶和點心，這裡的書他可是連一次都沒有碰過。

「好啊，大家來喝茶吧。話說回來，星丸你不是出遠門了嗎？我沒想到你這麼快就能回到店裡。」

放著照照美茶杯的香菇桌在轉眼間變大，舞舞子一邊從洋裝的袖子裡掏出桌布，一邊對星丸這麼說。星丸一聽吐了吐舌頭，照照美則在旁邊噗哧一笑。

「姊姊，掛在那邊的星星裝飾是什麼？我看它突然亮起紅光，就伸手拉了一下，結果星丸就滾進店裡來了。」

天花板上有個特別大的星星裝飾，是舞舞子不知道在什麼時候裝上去的「安全之星」。在外頭四處冒險的星丸，萬一遇到什麼危險狀況，星星就會亮起紅光，屆時只要拉一下那顆星星，就能立刻把星丸召進店裡。

正在鋪桌布的舞舞子聽了，眼角立刻抽動起來。

「天啊！星丸，你沒有受傷吧？」

「我只是去看鎧甲鱷魚的迷宮屋而已。迷宮屋的地上滿滿都是鱷魚蛋，所以牠們才會那麼暴躁。」

桃花盛開的美景難得一見，舞舞子卻低垂著頭沒有心情欣賞，露子覺得她會有這種反應也是在所難免。雖然露子也想知道鎧甲鱷魚是什麼樣的鱷魚，但這個問題還是之後再說吧。

「姊姊妳啊，實在是太愛操心了。妳把星丸照顧得無微不至，他都沒辦法自由冒險了。」

香菇桌的周圍長出和人數一樣多的香菇椅。與舞舞子陰沉的表情相反，桌面在一瞬間變得光彩繽紛。水藍色的桌布上，花瓣造型的桃紅色刺繡和翩翩飄落的花瓣一樣，不停的搖曳晃動著。

彷彿向晚天空的紫色紅茶，不看清楚還以為是花瓣的烤薄片，從敲開的蛋殼中掉出來的布丁，炸得酥酥脆脆的螺旋馬鈴薯片，放在糖果鳥籠裡的各種口味冰淇淋……

「來，不管怎麼樣，大家一起喝下午茶吧。」

露子和莎拉頓時感覺到強烈的飢餓。她們在市立圖書館遇到奇怪的事情之後，誤入了照照美的庭園，接著又穿越恐怖的地底通道……總覺得距離上一次吃東西已經是好久以前的事了。姊妹倆坐到星丸的左右兩側，忘我的大口吃起眼前的點心。麥哲倫發現餐桌正中央的容器裡裝著水果，於是跳下星丸的頭頂，一屁股坐到桌上開始吃了起來。

儘管麥哲倫的舉止實在稱不上有禮儀，但古書先生並沒有特別去責備牠。他把桌面上的小盆栽搬來放到香菇桌上，那是露子她們很常看到的藤葉盆栽。

「這是照照美送我的報紙。你們看，每一片葉子上都寫著報導，記載裂縫世界各地發生的事情。這個報紙每天都會長出新的葉子，所以我隨時能讀到最新消息。」

聽完古書先生的說明後仔細一看，綠色葉片上真的有一堆密密麻麻的文字，沿著葉脈左彎右拐的排列著。大片的葉子上是容易閱讀的印刷字，仍然稚嫩的新葉上則是不用放大鏡就幾乎看不清楚的迷你字……

「上面是報導怎樣的消息？」

星丸興致勃勃的把頭湊過去問。他雖然對書本興趣缺缺，但如果是有趣的消息，還是能引起他的興趣。

「唔——最近大家都在討論的，就屬『黑影男』了。」

露子和莎拉一直想把她們在市立圖書館遇到的怪事告訴古書先生，但遲遲找不到開啟話題的機會。

「這個『黑影男』是全身穿得黑漆漆的男子，據說他會出現在裂縫世界的任何地方，然後像煙一樣消失得無影無蹤。而且他消失的時候，現場好像常會有什麼東西跟著一起消失。『黑影男』是神出鬼沒如同謎團般的存在。」

正在倒茶的舞舞子蹙著眉頭，露出擔心的表情；星丸則是聽得雙眼發亮，絲毫不顧她的擔憂。

「所以說，他是個厲害的大竊賊或怪盜囉？」

「不，現在還不曉得。不過這件事情必須盡快開始調查……」

「黑影男」是全身穿得黑漆漆的男子——露子「喀鏘」一聲放下茶杯，從座位上站起來。

「我們可能看過那個『黑影男』！」

「妳說什麼？」

舞舞子和古書先生一聽，全都睜大了眼睛。

「我們在市立圖書館，看到一個跟我們一樣帶著蝸牛消失的人。那個人穿著黑漆漆的衣服，我們追了上去，卻差點在書櫃迷宮裡跟他相撞……我和莎拉就是在那裡跌倒，然後不知道為什麼去到了照照美的庭園，而不是『下雨的書店』。」

這件事露子向照照美說過，後來又跟舞舞子講了一遍，現在是第三次向古書先生說明。古書先生聽完，驚訝得說不出話來。他用翅膀撫摸鳥喙，並且陷入沉思。

「不過，露子說的那個黑衣男子沒有來這裡。」

舞舞子也把頭偏向一邊，開始思考。在大家討論這個問題的期間，照照美端正的坐著喝茶，她帽簷上的珍珠色蝴蝶緩緩開闔著翅膀，宛如一株佇立在帽子上的花朵，給人一種靜態之美。

「人家的蝸牛也不見了。」

莎拉噘起嘴巴。一想到自己失去了心愛的蝸牛，她的眼眶就泛起淚水，好像隨時都會哭出來。

「我們去找那隻蝸牛吧！」

星丸把自己抓得起來的所有點心都塞進嘴裡，然後興沖沖的站起來。他硬是吞下口中那些塞得太滿的點心，接著站上椅子。

「那傢伙一定是個大竊賊！他在裂縫世界裡到處偷寶石和金錢，莎拉的蝸牛搞不好也是他偷走的。我們去抓他！」

「可是我們不知道他到哪裡去了。」

露子抬頭看向滿臉都是點心屑的星丸。

「他會不會去丟丟森林？」

星丸隨口回答，然後用袖子把嘴角抹乾淨。

「也去跟本莉露說一聲吧，夥伴愈多愈好。」

「欸，靈感鬼哥哥呢？你們排擠他的話，人家會不高興喔。」

莎拉晃著紮在額頭上的瀏海，看向大家。

「咳咳！」古書先生刻意誇張的清了清喉嚨。

「說到鬼老弟，這段時間先讓他靜一靜吧。他因為寫作上的瓶頸，把自己關在寫作室裡。對作家而言，這樣的時期也是必要的。」

莎拉似乎不接受古書先生的說法，但是星丸一直在背後推她，她只好心不甘情不願的離開香菇椅。

「好啦，莎拉，這次要坐妳的大象去！」

「星丸！不可以讓露子和莎拉遭遇危險喔！」

舞舞子搖晃著鬈髮周圍的珍珠顆粒，星丸則是推著露子和莎拉的肩膀，

「嗶——」的一聲吹出口哨，藉此告訴舞舞子「不用擔心」。

六　前往丟丟森林

玻璃大象的背部一片透明，藍色、淺桃紅色、黃色光芒的碎片在其中閃爍晃動，像極了製書室裡的那朵巨大花蕾。載著露子和莎拉在空中飛行的玻璃大象，不久之前還只是書櫃上的擺設。

四周盡是蔚藍的天空，沉醉在夢鄉的雲朵如同棉花糖般，一顆顆流星先是落到上頭，隨即又一顆顆彈開。這條運用莎拉的想像力——古書先生稱這種力量為「夢之力」——通往丟丟森林的通道，讓原本僅是擺設的玻璃大象，變得和真的大象一樣大，載著她和露子離開「下雨的書店」。

露子和莎拉騎在玻璃大象身上，星丸則是變身成琉璃色小鳥，在她們身旁啪噠啪噠的跟著飛。

「我們到了丟丟森林，就會找到『黑影男』嗎？星丸，我和莎拉得在吃晚餐前回家喔。」

星丸對皺著眉頭的露子，發出「啾」的一聲嘲笑她。

「哪有冒險家會在意吃飯時間啊！再說，妳們不管怎樣都得找到『黑影男』，因為莎拉的蝸牛搞不好就是他拿走的。妳們不把蝸牛找回來就回家，以後可就再也去不了『下雨的書店』囉。」

經他這麼一說，露子和莎拉不禁倒抽一口氣。在書櫃迷宮裡帶路的任務，確實不是任何一隻蝸牛都做得到。莎拉的蝸牛很特別，是露子從販賣稀奇古怪商品的七寶屋老闆手中得到的贈品。至於那個穿黑色上衣的男子，似乎是在花壇的蝸牛帶路下，進入了裂縫世界……

「姊姊，我們走嘛。」

大象的鼻尖毫不遲疑的朝著前方，莎拉則是不安的抬頭看向露子。這下子，露子也只能點頭答應了。

「知道了啦，我們得先想辦法把那個人找出來。妳看，已經快到森林了。」

玻璃大象平順的降落後，牠的身影也隨之消失。同一時間，露子和莎拉已經站在淺水中。前方是發出微光的乳白色樹林，在漆黑天空的映襯下，那片樹林交織出複雜的蕾絲紋路。這片地面被積水覆蓋，並且由靜謐、黑暗和微光形成的森林，就是丟丟森林。

「哇！」

莎拉發出尖叫。她和露子都沒有穿長靴，所以沒過多久，積水便滲進了她們的鞋子。

「飛起來不就好了？」

星丸用鳥叫聲笑著說。莎拉學到處飛來飛去的小鳥，舉起傘飄到空中，露子也從黑色雨衣的背部拉出蝙蝠翅膀。

就這樣，三個人在靜悄悄的丟丟森林裡飛行。

丟丟森林永遠都是夜晚。乳白色的樹木帶有毛玻璃的觸感，而且會從內部發出微光，為黑暗帶來些許光明。瀰漫整個地面的積水，有些地方完全隱沒於黑暗中，有些地方則有五顏六色的果凍珠子沉積在底部，蘊含著微弱的光芒。那些蕩漾著紅色、紫色、藍色、綠色的果凍般珠子，是人們做過的夢，以及還沒得到「劇終」就被遺忘的迷路故事。無論是人們只做過一次便遺忘的夢，或是寫到中途便被遺棄的故事，都會聚集到裂縫世界的丟丟森林。

「看到了。在那邊！」

露子一邊用蝙蝠翅膀飛行，一邊指向前方。

有一隻丟丟森林的貘，站在前方的樹林間。牠黑白分明的背上，有個女孩坐在那裡埋頭閱讀放在大腿上的書。那個女孩頭戴黑白條紋的帽子，正好和貘湊成一對。她聽到露子等人的呼喚，以相當緩慢的速度抬起頭。

「喂——本莉露！」

就在星丸拍動翅膀的時候，原本把鼻尖浸在水裡吃果凍珠子的貘，猛然把頭抬起來。牠的眼中亮起凶暴的光芒，準備往星丸的方向衝。貘的動作讓本莉露整個人往上彈起，差點被拋飛出去。

「不可以！我已經說過不下五十次，不可以吃星丸了。不准你再大鬧下去。」

本莉露牢牢抓著書本，拍打貘的頸部加以制止。她的兩條辮子不停搖晃，前一刻還在專心看書的眼睛，換上嚴厲的目光瞪著貘。本莉露是露子他們的朋友，目前和貘一起住在丟丟森林裡。

經過本莉露的制止，貘不再追逐獵物。在牠呆呆的表情上，剩下那對小眼珠仍然閃爍著殺氣。仍處於亢奮狀態的貘弓起背部，讓本莉露不會從上面掉下來。

貘恢復鎮靜後，本莉露才稍微鬆了一口氣，接著馬上回頭看書。露子見狀，連忙喊住她的書蟲朋友。

「本莉露，妳又在看新的書嗎？我問妳喔，有沒有一個穿著黑色上衣的男人來過這裡？我們正在找那個人，莎拉的蝸牛很可能在他那裡。」

露子拉開嗓門大喊，但是本莉露一心只想看書，兩條辮子懸在書上一動也不動。星丸停到露子的頭頂，一副拿她沒辦法似的轉了轉脖子。

「就算那個人來到這裡，本莉露姊姊大概也不會注意到吧。」

莎拉的眉毛垂成八字型。照本莉露的樣子看來，就算有人在森林裡走動，她也不會察覺。

本莉露穿戴著黑白條紋的帽子和裙子，身高和露子差不多。她總是把頭埋在書裡，兩條辮子也懸掛在書頁上……雖然她現在是這副模樣，但以前可是會握著帶有魔法的自在文字筆，在整個裂縫世界到處飛來飛去。

「等等，我很快就把書籤夾進去……看完這一段就好……好，我看完了。」

本莉露把舞舞子的精靈編給她的昆蟲翅膀書籤夾好，然後闔上書本。仔細一看，會發現她和露子一樣有著紅通通的臉頰，眼睛的顏色像陽光下的泥土這點也如出一轍。她輕輕歪了一下頭，用不當一回事的口氣告訴露子他們。

「那個穿黑衣的男人常常經過這裡喔，不過我不知道他要去哪裡。那個人有時候會突然冒出來，接著便消失無蹤。」

「咦！」

露子和莎拉不約而同的大叫。

「就是那個傢伙！他就是名叫『黑影男』的大竊賊。我們得追上他，要是能知道他去哪裡就好囉。」

星丸翻個筋斗，變成男孩焦躁的搔著腦袋。打赤腳的星丸，一點也不在意把腳泡在森林的積水裡。

貘看到星丸接近，開始劇烈的噴氣。星丸是幸福的青鳥、希望之星，也是人類的夢想。對貘來說，他可是連作夢都會夢到，無論如何都想嘗一口的獵物。

「我們還不確定他是不是大竊賊……欸，本莉露，妳真的完全不知道那個人去哪裡了嗎？要是蝸牛拿不回來，我們就再也去不了『下雨的書店』了。」

本莉露的心思似乎仍然不在這裡，她把頭偏得更歪，同時用手指撥弄書本封面的邊緣。她的動作很明顯的傳遞出，她只想要趕快繼續看書的訊息。

「我不希望以後再也見不到妳們。」

她自言自語的說著，然後從貘的背上滑下來，讓套著黑色橡膠長靴的雙腳踏到地面的積水上。

「我也一起去找。露子、莎拉，妳們不是看過那個人的長相嗎？那麼只要盡量具體想像出他的樣子，應該就能抵達他所在的地方。」

露子和莎拉聽到這個提議，不禁睜大眼睛面面相覷，星丸也響亮的拍了一下手掌。

「對耶，說得有道理！」

於是，露子和莎拉開始在腦中描繪她們在市立圖書館看到的那個男人——他的黑色上衣有很大的衣領，眼鏡的鏡框好像也是黑色，他的頭髮被輕輕往後梳，還有……

「他的臉上有鬍子。」

這句話一從莎拉的口中迸出，「夢之力」便立刻發動。

他們四個就像是被用力扔出去的彈力球，從丟丟森林的景色中彈出去，一路飛向某個不知名的地方。

七　玻璃瓶坡

露子一行人好不容易能喘口氣時，他們已經來到和丟丟森林完全不同的地方。露子和莎拉的飛行道具自動闔上翅膀，星丸和本莉露也踩在堅硬的地面上。

他們的眼睛已經適應了丟丟森林的陰暗，所以在無數光線到處反射的環境下，頓時覺得有些頭暈目眩。他們眨了幾下白花花的雙眼，到處看了一圈。這一帶淨是滿滿的玻璃瓶，小自用手指就能拈起的瓶子、和彈珠汽水差不多大的玻璃瓶，大到一升瓶[6]、容納得下露子一行人的超大瓶子，甚至是得抬頭仰望的巨無霸瓶子——各種不同容量、種類、形狀的玻璃瓶無窮無盡的排列下去。有的瓶子瘦巴巴，有的瓶子胖嘟嘟，這裡宛如瓶子展覽會，又像是玻璃瓶林立的大道。露子他們此刻站在用玻璃珠鋪成的道路中央，周圍亮得刺眼，聽不見任何一絲聲響。

道路形成蜿蜒的坡道，在兩旁的玻璃瓶之間向前延伸。

「那個『黑影男』在哪裡啊？」

星丸踮起腳尖尋找人影。

但是說也奇怪，露子和莎拉明明都很清楚的回想起，她們在市立圖書館看到的男子是什麼模樣，在這裡卻找不到他的蹤影。

透明無色、彈珠汽水色、咖啡色、檸檬色、琥珀色……在這些清澈通透的玻璃瓶前方，也許能發現穿著黑色上衣的身影——大家抱持著這個念頭，睜大眼睛仔細尋找，可惜最後還是一無所獲。既然這樣，不如先往前走。於是在星丸的帶領下，露子他們開始爬上坡道。

除了一些空瓶，兩旁的玻璃瓶裡還有形形色色的東西。有的是糖果，有的是活金魚，其他還有郵票、玩偶等小玩意，不過為數最多的還是插著花的瓶子。不論是能一隻手拈起的小瓶子，還是要在裡面游泳都不成問題的大瓶子，裡面都裝滿新鮮的水，而且插了一株盛開的花朵，展現出各自不同的風貌。

「這裡好像照照美的庭園……」

本莉露原本正要打開書，翻到夾著書籤的那一頁，但她聽到露子發出的讚嘆，立刻把頭轉了過去。

「妳說的是誰啊？」

6　日本的玻璃容器，用來裝液體。容量為1.8公升。

「她是舞舞子的妹妹。我和莎拉追著『黑影男』……也就是那個在市立圖書館穿著黑衣的男子。當時我們原本要去『下雨的書店』，卻不小心誤入了照照美的庭園。」

「我們在那個庭園裡一下子變大，一下子縮小！就連花朵的大小也會變來變去。」

莎拉在旁邊比手畫腳的補充。本莉露沉吟之後點了點頭，便對照照美失去了興趣，轉而用手上書本的封面一角輕戳指尖。露子看到後，無奈的聳了聳肩膀。自從本莉露不能使用魔法後，她就把閱讀故事當作活著的理由。明明這是一件好事，但原本就已經放空自我的本莉露，也因此變得更像一具空殼。每次見到她的時候，她都在埋首苦讀。

「我飛到空中看看。」

星丸剛說完話，就變身成小鳥飛上天空，頭也不回的飛走了。

至於露子、莎拉和本莉露，她們繼續沿著兩旁盡是玻璃瓶的玻璃珠坡道走下去。天空十分晴朗，而且明亮白淨到不可思議的地步，看起來既沒有太陽，也沒有雲朵，就只是一片白茫茫。沿途的瓶子排列得整整齊齊，就連瓶中的花

朵也沒有絲毫動搖，唯獨這條道路蜿蜒曲折。忽然間——

玻璃瓶坡　收

她們注意到，有張印著銀色文字的卡片插在花束間。這束花的瓶子跟露子和本莉露一樣高，卡片就繫在繡球花的細莖上。露子挺直身體，伸手搆向那張如同攤開報紙那麼大的卡片，把它翻到背面。上面有一行用鉛筆寫的字：

要趕快好起來喔。

「『玻璃瓶坡』一定就是這個坡道的名字。」

露子放開卡片這麼說。

「啊，這裡也有！」

莎拉在像是金魚缸的圓圓瓶子前蹲下，端詳插在裡面的矢車菊。這裡也有同樣的卡片（雖然尺寸不同，但這張白色的方形紙片上，也有用銀色文字書寫坡道的名字），卡片的背面寫著：

希望你打起精神。

仔細一看，這裡、那裡……各個花莖上都繫著寫有「玻璃瓶坡　收」的卡片。

「這些都是探望用的花嗎？」

本莉露看了看四周，開口說。她的猜測也許是對的，因為每張卡片的背面都寫著「要加油喔」、「現在的狀況如何」、「我還想再跟你玩」……這類打氣和關心的話語。不僅如此，有幾個她們原本以為是裝著糖果和軟糖的瓶子，細看之後才發現是藥罐子。

「是不是有誰生病了？」

動不動就感冒或吃壞肚子的莎拉，大概是回想起自己發燒的經歷，不由得握緊了收起的傘，心神不寧的來回踱步。

露子沒有說什麼，只是抬頭仰望直入雲霄的無數個玻璃瓶。

「我有種奇怪的感覺……這裡明明是裂縫世界，又好像有一半不是……」

她沒辦法明確指出哪裡不同，就是覺得這個地方不太尋常。這種感覺如同看書看到一半，突然翻到一頁觸感特別不同的紙張……

「嗯，這裡不是平常的裂縫世界。」

本莉露茫然的環視周圍，隨即這麼說。

「這裡……感覺很寂寞。」

玻璃瓶形成的森林寂靜無聲，莎拉一臉不安的吐露內心想法。

用「寂寞」形容這個地方，實在是再貼切不過了。這裡安靜得不得了，放眼望去全是透明的景物，瓶子裡的花也悉數呈現出最美麗的姿態……這裡明明有很多糖果、玩偶、慰問卡等禮品，卻看不到任何人影，而且連一絲微風都感覺不到。在這個地方，彷彿連時間都屏住了呼吸。

嗶啾啾——就在這時，上空傳來高亢的鳥鳴。

「這邊！」

星丸在白色天空拍動琉璃色翅膀，看向底下的露子她們。露子和莎拉各自開始準備，要張開背上的翅膀和傘，不過……

「幾位小姐，這邊請。」

低沉的嗓音傳進耳裡，讓她們把頭轉了過去。

八　紙片與風捎來的訊息

雖然坡道上充滿各種顏色的瓶子，但這裡剛好只有棕色和深紫色的瓶子聚集，所以構成了一塊陰影。向露子她們搭話的人，就是隱身在那塊陰影之中窺看她們。

原本裝著蘋果或什麼東西的木箱，被倒過來充當桌子，那個人把手肘撐在桌上看著露子這裡。對方戴著皺褶多得要命的頭巾，衣服上同樣被皺褶和精細的圖案密密麻麻的占滿。他的頭巾和衣服之所以全是皺褶，原因在於那些東西清一色都是用報紙做的。他圓滾滾的臉上塗滿彩妝，看起來像是個小丑，所以分不出是男是女。

莎拉連忙躲到露子和本莉露的背後。

「不用害怕，我是在這裡為人占卜的占卜師，幾位小姐要不要來看看自己的未來運勢？」

這個把報紙穿在身上的人，撫摸著疊在蘋果箱上的報紙，他低沉的嗓音和深夜冰箱發出的模糊聲響很類似。莎拉和本莉露都不發一語（莎拉是害怕面對陌生人，本莉露則是滿腦子只想著書的後續），所以只好由露子開口回應。

「不了，我們不需要占卜，我們正趕著去見朋友。」

MAGIC
PREDICTION
RAIN
SNAIL
MUSEUM!

露子抬頭往上看，現在已經看不到星丸的蹤影。他大概是發現了那名黑衣男子，所以自己追了上去。

「本莉露，妳讓莎拉牽著妳的手飛，那我們走了。」

露子從雨衣背後張開蝙蝠翅膀，準備彎曲雙腿使力往天空飛。就在這時——

「如果要找蝸牛，牠或許會在博物館。」

難以聽清楚的低沉聲音傳來，露子一聽便收起翅膀，看向占卜師的臉。

「你說的蝸牛，是莎拉的海螺蝸牛嗎？」

占卜師拿起小型紗線剪，靈巧的用報紙剪下蝸牛形狀的紙片。蝸牛的觸角那麼細，真不曉得他是怎麼剪出來的。占卜師那比罌粟花紅豔的嘴脣，對露子咧嘴一笑，並且點了點頭。

「你說的那個博物館在哪裡？」

露子一問完，便想起照照美曾經說過，她有時候也會當博物館的館長。

占卜師操弄剪刀，不知道又開始剪什麼的東西。他手上的紅色指甲油和戒指，透出油亮的光澤。

「妳們恐怕要花不少時間才能找到，因為王國即將甦醒，做夢的人終於來到了這個世界……。」

在占卜師的剪裁下，報紙搖身一變，化為低頭走路的人、狼群、為數可觀的蝴蝶和森林、月亮、龍、高聳的房屋、城堡、連成圓頂狀的星星……這些不可思議的剪紙圖案，接二連三的誕生了。

（做夢的人……？）

占卜師說的人，難道是那個黑影男嗎？「做夢的人」這個詞彙一直停留在露子的腦中，怎麼趕都趕不出去。她總覺得自己聽過這個詞，而且好像是在很重要的地方聽到……

「嗶啾！」

天空中傳來小鳥的叫聲。星丸猛力拍著翅膀，氣呼呼的看著下方的露子她們。

「妳們在搞什麼啊！我追那個『黑影男』追了好遠好遠耶。因為妳們一直沒有跟上來，我擔心的回頭看了一下，那個男的就給我跑掉了。」

「對、對不起啦，星丸。」

露子趕緊用喊的大聲道歉。莎拉抬頭看向星丸，並且轉動手上的傘。

「星丸，人家的蝸牛好像在博物館！」

「博物館？」

琉璃色的小鳥一邊拍打翅膀，一邊發出訝異的聲音。那個博物館肯定就是照照美在當館長的博物館——露子正要拉開嗓門對星丸解釋，背後又傳來了報紙的沙沙聲，於是她轉頭看了過去。

占卜師剪出各種造型的紙片，在玻璃瓶五顏六色的陰影下，自個兒動了起來。用單薄紙張拼湊出的蝴蝶、野獸、氣球等小東西，在蘋果箱上繞著圈，窸窸窣窣的跳著無聲的舞蹈。披著報紙的占卜師，用濃妝下泛黃的雙眼，凝視這些動來動去的紙片。

「王國一旦甦醒，想必會變得很熱鬧。這個裂縫世界，也許不會再出現新的裂縫……」

占卜師的喉嚨深處，潛藏著一絲笑意。他張開雙手，把在箱子上跳舞的紙片揉成一團。露子等人看呆了，接著占卜師把手伸向自己的頭巾和衣服，把那些東西也揉成一團。隨著他的舉動，占卜師的身體也隨之被捲進報紙裡。就這樣，他的身影和報紙一起愈縮愈小，直到變成一個不起眼的報紙團。最後，蘋果箱「喀噠」晃了一下，把紙屑藏到箱子裡。

玻璃瓶森林的陰影下，只剩下老舊的蘋果箱。

「……」

露子她們全都說不出話。莎拉揪住露子的蝙蝠雨衣，可見她和露子一樣，感覺到一種詭譎的不安。至於本莉露，她的眼睛完全沒眨一下，但也沒有顯得特別驚訝，只是盯著先前占卜師所在的地方。

「剛才那到底是怎麼回事……他說的王國是什麼？」

露子低聲自言自語，想驅散降臨在背上的涼意。星丸再也等不及了，降落到她的肩上。

「妳說國王怎麼了？」

星丸的羽毛上散發出香氣。

「欸，不管怎麼樣，我們快去追『黑影男』啦。露子、莎拉，妳們再像剛才那樣想像他的樣子。」

「那是不可能的。」

本莉露相當乾脆的搖了搖頭。

「這裡又不是丟丟森林，就算同樣身處裂縫世界，如果不是和人類想像力密切相關的地方，就無法使用『夢之力』。」

星丸翻了個筋斗，變成男孩的模樣和大家站在一起。

「那『黑影男』要怎麼辦？」

「欸，博物館比較重要啦！」

莎拉踮起腳尖吵著說。星丸很明顯的癟著嘴，搔了搔亂蓬蓬的頭。

「真是沒辦法，這樣我們得先回丟丟森林或『下雨的書店』一趟——」

在星丸把話說完之前，某個地方傳來了「噗——」的聲音。接著，一道陰影突然從他們的頭頂落下。抬頭一看，有個大得像月亮的淡綠色氣球飄浮在空中，真不曉得那麼大的東西是從哪裡冒出來的？

其他變化也接連不斷的發生。鋪在坡道上的玻璃珠開始膨脹，變成藍色、粉紅色、紫色、螺旋花紋、大理石花紋的氣球，從地面漸漸往上飄。

原本站在坡道上的露子一行人，被這些氣球弄得騰空翻了一圈，並且被帶往空中。要是能飛的話，她們其實大可以飛離這些氣球，但是氣球緊密的擠成一團，把她們壓得動彈不得，翅膀和雙腳都被卡住，所以根本飛不出去，光是攀住氣球就已經很勉強了。

從遠處看，也許會覺得那是一幅眾多氣球冉冉升空的悠閒景致，然而對被夾在其中的露子他們來說，卻是被氣球奪走自由、以猛烈的速度帶向天空的驚險過程。他們像是把肚子裡的東西忘在地上，個個陷入頭暈眼花的狀態。

「抓住我的手！」

星丸大喊。頸部以下被埋在巨大氣球堆裡的露子，拚命伸出自己的手。雖然不知道抓到的人是誰，總之先牽手再說。陣陣尖叫聲刺痛著耳膜，早已分不清楚究竟是自己還是莎拉的聲音，在這樣的情況下，他們被氣球堆逐漸帶往高空。

不知道過了多久，急速上升的氣球終於停了下來。

氣球停下來後，不再像剛才那樣密密實實的擠在一起。露子從沙丁魚罐頭的狀態解脫後，大大喘了一口氣。

「姊姊……」

莎拉發出哽咽的聲音，拉了拉露子的手。原來露子剛才抓住的就是她。莎拉另一隻握著傘的手，則是被星丸抓著。

「呼……真是刺激呢！」

不久之前，星丸還在為追丟「黑影男」的事氣憤不已，但他現在已經把那件事拋諸腦後，露出滿臉笑容。露子把空著的手撐在氣球上，準備站起來——就在這一刻，她因為自己的手沒有抓住任何人而大驚失色。

「本莉露？」

露子連忙在氣球堆中到處搜索。要是本莉露掉下去就大事不妙了，因為她不會飛啊！

露子為了尋找本莉露，把眼睛睜大到快要抽筋，不過回應她的聲音聽起來卻很輕描淡寫，彷彿只是被氣球輕輕敲到腦袋。

「我在這裡，還好書沒有掉下去。」

本莉露坐在旁邊的淺桃紅色氣球上，一臉擔心的撫摸書本封面。露子看到她，這才終於鬆了一口氣。

「我們飛了多高啊？」

星丸跳起身，把手掌放到額頭上眺望四周。他這麼一動，露子和莎拉所在的絨黃色氣球，像彈簧床似的晃了一下。

「星丸，不要亂動啦。」

莎拉大聲抗議，她好像嚇得快要哭出來了。星丸不理會莎拉，試圖從氣球上眺望遠處，然而他還是無法得知這裡到底是什麼地方，地面上又是什麼情況。雖然氣球不再那麼密集的擠在一起，但是數量還是很可觀，而且也沒有分散出去，就那樣飄在空中，擋住了露子一行人的視線。

「發生什麼事了嗎？剛才占卜師說王國即將甦醒，你覺得這是什麼意思？」

「妳在說什麼啊？」

露子見星丸一頭霧水，便把在玻璃瓶坡遇到占卜師的事告訴他。這段期間，莎拉撐開羽毛傘，輕飄飄的浮起來，把隔壁氣球上的本莉露帶過來。

「嗯……這樣的話，那個『黑影男』不是竊賊，而是國王嗎？可是國王會去偷東西嗎？」

星丸盤起雙臂開始思考，露子則對他搖了搖手。

「星丸，竊賊只是你自己認為的吧？還有國王也是。占卜師說過，他是『做夢的人』。」

星丸一聽到這個詞彙，立刻睜大他那雙色彩如同冬季夜空的眼睛，並且用手指按著額頭上的白色星星，垂下眉毛思索。

「做夢的人？那不就是……」

星丸開始思考某件重要的事，就在這時——

「太重了。這裡可是巴倫尼姆，你們幾個是……」

唱歌般的高亢嗓音向他們問話。風從四面八方呼呼吹來，使露子他們的氣球劇烈搖晃。

「從哪裡來的？不像是王國的人……」

「不像。你們幾個是從……」

「哪裡來的？太重了。既然……」

「飛不起來，巴倫尼姆就……」

「不能讓你們留下來。」

風中傳來好幾個聲音。風往這裡聚集，吹得氣球搖搖晃晃，露子等人連忙重新抓穩。同時，他們也注意到風中依稀出現了透明的面孔。這些風的面孔既像人類又像野獸，它們一會兒消失，一會兒出現，而且個個都在說話。

風的面孔只有一團淡薄的黑影，彷彿會在轉眼間消散。風圍繞著露子等人吹拂，一刻也不停歇。

「等、等一下！」

露子對風大喊。

「我們飛得起來。如果妨礙到你們，我們馬上就飛走。不過在那之前，請告訴我們『王國』到底是什麼？」

聽到這個問題，風吹得更強了。氣球被吹得不停移動，在空中搖搖晃晃。模糊的面孔一下子出現，一下子消失，沒有一個能看清楚。

「夢見了王國……」

「已經深植在裂縫世界好長一段時間。但是……」

「做夢的人歸來，」

「王國恢復了生機。這個巴倫尼姆……」

「也是王國的一部分。王國……」

「比裂縫世界更強大，更長久。」

「被夢見的事物，即將甦醒。」

「為了歸來的主人，王國將……」

「甦醒過來。在仍然缺少中樞之柱……」

「的現在，王國會……」

「吞沒裂縫世界，」

「到處氾濫。」

這時，莎拉「啊」的叫了一聲。在撥弄頭髮的陣陣強風中，露子隨著她的視線看過去。在他們上方的大理石花紋氣球上，站著一個人影。

「那個人……」

對方穿著黑色上衣，戴著眼鏡，露子和莎拉先前在市立圖書館追逐的人就是他！男子直挺挺的站在氣球上，把手插進長褲的口袋，眺望遙遠的某個地方。難道說，他也有飛行的道具嗎？

「是『黑影男』！」

說時遲那時快，星丸張開背後的翅膀，朝腳下的氣球用力一蹬，飛向那個男人。這個舉動讓絨黃色氣球徹底失去平衡，在不斷加速的風中，氣球傾斜到無法恢復的地步。

本莉露從氣球上被拋飛，她沒有放聲大叫，只是抱著書本往下墜落。露子和莎拉大驚失色，趕緊追了上去。面對陡降的狀況，蝙蝠雨衣比羽毛傘更能派上用場。露子頭下腳上的收起翅膀，加快下降的速度，並且伸手捉住本莉露的腿。接著，莎拉也一手握著傘柄，一手有驚無險的捉住露子的腿。

她們就那樣一個抓著一個吊在空中，仰頭往上看。

「星丸！」

露子用盡吃奶的力氣大喊。要是星丸再不快點過來幫忙，她們可沒辦法繼續保持平衡。

就在這時，上方閃了一下刺眼的光芒。紅光乍現讓星丸驚慌了起來，他的翅膀沒有攜到風，就這樣直直朝她們所在的方向摔落，而且額頭還正中了露子的額頭。露子的腦袋裡發出「咚」的聲響。這一撞實在是太痛了，她抓著本莉露的手不禁鬆開，莎拉的平衡也跟著瓦解。就這樣，四個人統統開始往下掉。

不過——

這時，彷彿有一條看不見的線用力扯了一下丹田，隨後這條看不見的細線開始往回捲，而露子他們——

九　再次來到書店

露子他們七橫八豎的躺在「下雨的書店」被雨水打溼的柔軟草地上。

「痛痛痛……」

露子蜷起身體，按著額頭發出痛苦的呻吟。星丸也痛得到處打滾。

「哎呀，這到底是怎麼回事？」

舞舞子撫著臉頰，低頭看眼前這群人。在擺放著下午茶桌子的另一邊，古書先生和照照美也端著各自的茶杯，觀察這裡的情況。

「你們又跑去哪裡了？我以為你們只是去丟丟森林找本莉露耶！星丸，你又帶露子她們去危險的地方冒險了吧？你看，撞出這麼大的腫包——」

舞舞子連珠炮似的說著，同時把露子他們一個個拉起來。書芊和書蓓幫忙撿起從本莉露手中被拋飛的書，在擦掉上面的塵埃後，才將書本還給重新站好的本莉露。

舞舞子鬈髮四周的珍珠顆粒微微顫抖，書芊和書蓓一臉擔心的在她身旁飄浮。

先前痛得抱著頭的星丸突然眼睛一亮，抬起頭說：

「嘿，舞舞子，我超厲害的喔！我只差一點就碰到『黑影男』了——」

「給我住口！」

舞舞子不客氣的大聲喝斥。露子和莎拉第一次聽到她的聲音那麼嚴厲，身體忍不住抖了一下。舞舞子彎月狀的眉毛高高揚起，白皙的臉頰變得蒼白，搖曳著美麗黃昏色的眼睛，也因為怒氣而含著淚水。

星丸就那樣跌坐在地上，不明所以的抬頭看著舞舞子，甚至忘了要按住自己撞到腫起來的腫包。

在「下雨的書店」的天花板上，原本變成火紅色的「安全之星」，像凍結的蠟燭一樣逐漸消失。就是那顆星星向舞舞子告知危險，才讓舞舞子及時把大家帶回來。

「星丸，這次我不會再原諒你了。你知道你讓露子她們遭遇到危險嗎？你到底為什麼要這麼做？這才不叫冒險，只是魯莽行事而已。萬一你們再也回不來，或是受到很嚴重的傷，那要怎麼辦啊！」

舞舞子氣得全身顫抖。古書先生露出為難的表情，朝著她的背影開口說：

「好啦好啦，舞舞子。妳會生氣固然很有道理，但也沒必要說到那個地步……我早就看開了，小鳥的個性就是這樣，從來都不看書，只會到處飛來飛去。」

「我的意思不是那樣。」

舞舞子用力咬著嘴脣，以免眼淚掉下來。露子覺得舞舞子實在太可憐，於是握住她白皙的手。

「舞舞子，對不起，我們太熱中於追逐那個黑影男了。我們以為很快就能追上他，可以跟他要回蝸牛，沒想到會讓妳這麼擔心，真的很對不起。」

莎拉也抱住舞舞子的另一隻手臂。

「舞舞子姊姊，不要哭嘛。妳聽人家說，占卜師告訴我們，人家的蝸牛在博物館裡。」

「博物館？」

莎拉這句話讓舞舞子轉移了注意力。她的珍珠顆粒短暫的飄浮了一下，隨後又用各自的飛行方式，如衛星似的裝飾在鬈髮周圍。

「是指我的博物館嗎？」

照照美把茶杯放到碟子上。用水果飽餐一頓的麥哲倫，現在正用尾巴圍著照照美的頸部睡午覺，那個模樣像極了有生命的圍巾。

露子和莎拉把他們去丟丟森林後遇到的事，說給舞舞子、照照美和古書先生聽（同一時間，本莉露在店裡的書櫃挑選要看的書，星丸則是一動也不動的坐在地上，嘟著嘴一句話也不說）。

「唔……」

古書先生交疊短短的翅膀，皺著眉頭沉思。

「那個王國代表什麼意義？足以吞沒裂縫世界的王國……等等，這搞不好會演變成非同小可的事件。」

接著，他一把抓過《藤葉報》，眼睛快速瀏覽裡面有沒有和「黑影男」或王國相關的新消息。他一邊翻閱，一邊用大大的鳥喙振振有詞。

「王國……不對不對，裂縫世界裡根本沒有國王，就算有小型的王國和都市分散在各地，但也沒有什麼會把整個世界吞沒的東西。這會不會和製書室的花蕾有關呢……新故事的誕生……唔，怎麼想都不是巧合……」

古書先生確定報紙上沒有他要找的報導後，迅速抬起頭，向在場所有人宣布。

「我要去翻閱以前的文獻，過去說不定有發生過類似的事情，所以我會暫時閉關查資料。」

古書先生說完，便從香菇椅上抬起屁股，把身體轉向自己的桌子。同時，他伸出翅膀，筆直的指向仍坐在地上的星丸。

「還有你啊，冒險確實值得敬佩，事實上，我們現在能透過博物學了解這個世界，正是不畏危險、揚帆出海的冒險家的功勞。但是你應該要顧及舞舞子的心情，身為『下雨的書店』的老闆，我不能容忍自己的助手不受重視。如果你不介意以後再也喝不到舞舞子的下午茶，那就另當別論了！」

古書先生說完，「哼」的用力噴一口氣，隨即踩著笨重的步伐走向桌子。他一坐上自己的座位，便從桌上頗有高度的書堆中抽出一本書，以驚人的速度開始翻閱。滿月形鏡片後的雙眼極其專注，由此可知他已經聽不見任何聲響。

「對不起喔，我剛才太大聲了。好啦，各位，我來重新泡茶。本莉露，妳也一起來吧。」

舞舞子從洋裝袖子裡掏出手帕，快速的抹了抹眼角。莎拉牽著舞舞子的手，跟在她的後頭，像是在當她的靠山。本莉露從書櫃上抽出「下雨的書」後，將原本那本書夾到腋下，然後走到香菇椅上坐下，埋首閱讀新的書籍。

「星丸，你怎麼了？看起來跟平常不太一樣。」

露子把下午茶擱到一旁，走到仍然坐在草地上，遲遲不肯起身的星丸身邊蹲下。星丸被舞舞子斥責後一直在鬧彆扭，他用手指戳了戳額頭上被腫包撐起來的星星圖案。

「我以為……找到了。」

他低聲的說。

「找到什麼？」

「需要我的人啊。」

露子聽到這個回答，心跳頓時漏了一拍。星丸細小的聲音，在她的耳朵裡不斷迴盪。

（對喔，星丸以前說過……他在尋找需要他的人。）

星丸是幸福的青鳥、希望之星，也是調皮淘氣的男孩。他從想要這些事物的人的夢裡誕生，卻不知道夢到自己的人是誰。如果做夢的那個人忘了星丸，那星丸就會和其他被遺忘的夢一樣，一直住在丟丟森林，永遠去不了任何地方。

不過，露子認為星丸才不可能是哪個健忘鬼的夢，因為就連露子也會夢見星丸、需要星丸。再說了，包括莎拉和其他人，世界上有哪個人從沒夢過幸福、希望，以及愉快的朋友？

因此，星丸根本不屬於某一個人，更不可能被人們遺忘。然而……

露子額頭上的腫包隱隱作痛。

星丸無精打采的站起來。他依舊嘟著嘴，低頭看向腳邊。這實在太不像他平常的樣子了。

「我想那個人一定就是『黑影男』……我想去見他，去見那個需要我的人。」

星丸小小聲的低喃，露子卻聽得一清二楚。

就這樣，星丸踩著沉重的腳步，慢慢踱向大家喝下午茶的香菇桌。露子不曉得該對他說什麼才好，不過她苦思的辛勞，一瞬間就被吹得無影無蹤。

鬼魂猛然爆出的哀號聲，從書櫃的一角像驚喜箱似的蹦了出來。

「啊啊——夠了，我受夠了！」

有一本書從書櫃裡飛出來，然後從中冒出外表和水母十分相似的鬼魂和一大堆稿紙。鬼魂的眼睛閃爍著青白色的光芒，還流下如同淚水的光絲。他一臉痛苦的歪著嘴巴，用觸角般的短手不停敲打自己的頭（他的頭就像是水母或塑膠袋，就算用力敲打也只是軟趴趴的凹下去，看起來根本不會痛）。

「這種東西，這種東西！已經沒救，沒救了啦！」

鬼魂一邊大吼，一邊抓起散得到處都是的稿紙，把它們撕成碎片，然後吞進自己的肚子。

「靈感鬼哥哥，你怎麼了？」

他的舉動讓莎拉驚訝得睜圓雙眼，完全不知道該如何反應，露子和星丸也露出了相同的表情。鬼魂聽到莎拉的聲音後，整個人「啪嚓」一聲撲倒在草地上，開始哭哭啼啼。

「哦……莎拉，原來妳在啊。真是抱歉……我啊，再也寫不出故事了。虧我生前一直在寫作，寫到連命都沒了。現在的我，已經連一行字都寫不出來了……」

「為什麼啊，靈感哥哥？」

鬼魂手足無措的樣子看起來非同小可，露子也開始擔心起來，把手掌貼上他那觸感如同水饅頭的背部。結果，這個舉動讓鬼魂哽咽得更厲害了。

「換、換作是妳，妳能夠理解嗎？妳有沒有突然什麼都寫不出來的經驗？我就是連一個字都寫不出來喔。我已經在寫作室整整閉關一個月，一直盯著稿紙不放了，但是無論是一句話還是一個點子，我就是什麼都想不出來……寫不出故事的話，我就算是想去死也已經死不成了啊……」

從書櫃裡飛出來的書，就那麼攤開掉落在地面。書芊和書蓓披著羊皮紙披風飛過去，把書撿起來。他們的臉上浮現為難的表情，把這本名為《寫作室》的書籍放回書櫃。在這本顏色如同毛玻璃的書籍裡，是居住在「下雨的書店」的鬼魂——靈感的寫作室。

嗶啾啾！星丸不知道在什麼時候變成了小鳥，高聲鳴叫著在鬼魂的周圍飛來飛去，像是在尋他開心。

「那正好啊！我們再出去旅行吧。你這次要靠自己飛行，來一場真正的冒險，不是林檎林加鐵路之旅喔。」

鬼魂這番大鬧，似乎讓星丸恢復了原有的精神。然而，露子心中那艘名為不安的沉重大船，並沒有因此把錨收起來。

古書先生一點也沒有因為鬼魂的大呼小叫而分心，繼續把鳥喙埋在厚厚的書裡。

「鬼魂先生，請你稍微休息一下。我正準備要重新泡茶，今天本莉露和我的妹妹也來了。」

鬼魂聽到舞舞子的聲音，這才把頭抬了起來。從頭到尾都坐在餐桌那裡的照照美，對他輕柔的點頭致意。就在那短短一瞬間，鬼魂的心神立刻被那宛如鮮花的身姿奪去，古書先生先前提到的「寫作上的瓶頸」，也被他拋到了九霄雲外。

十

關於種子巡遊的調查

「我的博物館並不是一棟真正的建築物。」

麥哲倫剛從午睡中醒來，照照美細心的撫摸牠的頸部同時這麼說。

「我會判斷適當的時機讓它出現。」

「讓博物館出現嗎？那是什麼意思？那個博物館裡沒有展示化石、植物之類的東西嗎？」

「我的博物館和露子想的博物館可能不太一樣。總而言之，只要我不讓博物館出現，它就不存在任何地方。」

莎拉本來以為他們馬上就能去照照美擔任館長的博物館，所以臉上很明顯的浮現失望的神情。照這樣看來，當時如果聽星丸的話，繼續去追那個黑衣男子，他們說不定就能拿回桃紅色貝殼的蝸牛。

舞舞子一下子檢查砂糖罐，一下子在杯子蛋糕上撒花砂糖，一下子又把黑色和白色巧克力做成的棋子排到格子上，整個人似乎鎮靜不下來。照照美帶著看好戲的眼神，看向自己的姊姊。

「姊姊，妳真的很愛操心呢。小孩子出去冒險不是一件好事嗎？乖乖坐下來看書這種事，等到老得再也走不動再做也不遲啊。」

在桌上到處摸來摸去的舞舞子聽了，鬈髮周圍的珍珠顆粒再度竄過一陣緊繃感。隨後，她深深嘆一口氣，為自己倒了一杯茶。

「我沒有說冒險這件事不好，但是照照美，如果像妳一樣身受重傷，之後都得拄枴杖才能走路，那豈不是得不償失嗎？我很擔心星丸會變得跟妳一樣。」

挨在一起喝碳酸飲料的露子他們，聽到之後都嚇了一跳。露子放開口中的螺旋狀吸管，開口問：

「照照美也是因為冒險受傷的嗎？」

鬼魂從黑軍開始，把舞舞子排得整整齊齊的巧克力棋子一個個吞下肚。他聽到這段對話，也驚訝得青白色雙眼連連閃爍。

「照照美妳是園藝師吧？是為了修剪高處的樹枝而受傷嗎？」

如果照照美是因為這樣而受傷，舞舞子應該不會因為星丸情緒失控到那個地步。照照美把白軍的皇后推向逐漸被鬼魂吞進肚的黑軍那裡，並且回答問題。

「露子、莎拉，妳們也看到了被關在地底的巨人吧？我當時會受傷，是因為我準備把巨人放出來。他的皮膚很像塊根植物，身體又那麼巨大，所以我才想說能不能讓他幫忙做園藝工作。而且他的眼睛一直睜著，那不就可以一直看守庭園了嗎？」

照照美說到這裡，舞舞子又嘆了一口氣。

「是啊，所以照照美走進了巨人的地下監牢。她就是在那個時候被巨人踩到，才讓腳受到重創。當時要不是洞窟裡的精靈告訴我這件事，還真不知道事情會變得怎麼樣……因為這件事，照照美再也無法和以前一樣從事博物館的工作。」

看到舞舞子因為妹妹的遭遇流露出悲傷的神情，露子連一句話都說不出來。舞舞子剛才會那麼生氣，或許就是想起了照照美的腳傷。星丸也因為被狠狠訓斥而受到相當大的打擊，好不容易恢復的活力全都洩光了。他避開大家喝下午茶的桌子，以小鳥的姿態乖乖收起翅膀，窩在裝飾書櫃的玩具帆船裡。

任由照照美梳毛的松鼠猴麥哲倫，處於澈底放鬆的狀態。牠用糖球般的雙眼盯著舞舞子的精靈猛瞧，書芊和書蓓被看得縮起身體，躲到舞舞子的鬈髮裡。

「不過姊姊，我並不後悔去做這件事喔，畢竟我已經好好完成了一次博物館的工作。任何事情都會開花結果，最後再回歸土壤──鬼魂先生，你的工作不也是這樣嗎？」

看到照照美對自己微微一笑，鬼魂不禁把黑軍的國王「咕嘟」一聲整個吞進肚裡。他害羞的捧著臉頰的模樣，讓莎拉露出不可思議的表情。

「我、我嗎？但是我不一樣，妳看我明明很有精神，手中的筆卻怎樣就是不肯工作……我一點也沒有偷懶，想寫故事的心情也很強烈……」

露子悄悄摸了一下，自己放在口袋裡用來寫故事的筆記本。明明很想寫卻什麼也寫不出來，這種事情真的有可能發生嗎？

「在完成一件重要的工作之後，工作的力量就會從花朵變為種子。鬼魂先生，你的種子想必正潛藏在泥土裡吧。只要適當的時機到來，那顆種子一定會發芽。不論是植物、雨水，還是星星，這個世界上的東西都是生生不息的。」

一直把臉頰摩擦得咯吱作響的鬼魂，稍微思考了半晌，然後傻氣的笑了起來，身體也像是被搔癢似的扭動著。

「哦呵呵呵……原來如此，是這樣啊……那、那麼我是不是很快又能再寫出了不起的傑作？」

「當然了，一定可以。」

照照美點頭表示肯定，停在她帽子上的蝴蝶也輕盈的拍動了一下翅膀。吸收了照照美提供的肥料快速長大的沙漠桃，在擺放了下午茶的桌上撒下花瓣，照照美的洋裝也散發出雛菊的香氣。整個「下雨的書店」裡，洋溢著明媚的氣息。

有些花瓣飄落到本莉露正在閱讀的書頁上，本莉露「呼」的一聲吹走花瓣，接著發出低喃。

「鬼魂有沒有還沒變成書的故事種子？」

歸根究底，這個作家鬼魂生前就是在寫作途中去世。他為了追尋自己遺忘而變成故事種子的作品，才會來到丟丟森林。

「欸，製書室那個大大的花蕾裡面，說不定就是靈感鬼哥哥的書喔！」

莎拉猛然從座位上站了起來。她非常喜歡鬼魂，喜歡得不得了，所以才會跟著想辦法讓鬼魂打起精神。鬼魂這陣子一直在寫作室閉關，所以根本沒有聽說製書室出現奇妙花蕾的事。一聽到莎拉這麼說，鬼魂青白色的雙眼立刻劈里啪啦的燃起火花。

這時——

「就是這個！」

古書先生的吶喊從桌子後方響徹整間書店。鬼魂嚇得發出尖叫，從椅子上滾落地面。

十一　新的「下雨的書」

「我找到了！你們看，上一代店長——渡渡鳥老書先生的手札裡，記載著和王國有關的內容。」

古書先生用翅膀捧著一本老舊的筆記本，封面上還刻著金色渡渡鳥的圖像。他舉起筆記本讓大家都能看見，在澈底泛黃的書頁上，羅列著密密麻麻的小字。

「根據手札上的記載，裂縫世界的新區域會集中在同一個時間誕生——也就是說，被夢到的都市和城鎮：商店和住家，森林和大海，都會一口氣誕生。這似乎是某個外面世界的人的夢，但是那些願望沒有實現，就會發生這樣的現象。」

聽到古書先生的說法，縮在帆船模型裡的星丸，稍微把頭抬了起來。露子並沒有漏看他那細微的舉動。

「在外面世界夢到那些事物的人，好像把自己描繪出來的廣大想像稱之為『王國』。」

「紀錄在手札上的事情，即將再次發生了嗎？」

舞舞子面露擔憂，雙手在胸前緊扣。對於她的提問，古書先生沉重的頷首。

「嗯，恐怕沒錯……接下來才是重點。據說王國出現的時候，會有一本新的『下雨的書』誕生。這是一本特別的『下雨的書』，它會把那個只出現在夢裡卻沒有實現的願望，整理成有『劇終』的故事。另外，手札裡還提到那個做夢的人，最後帶著寫有王國故事的『下雨的書』離開了書店。」

古書先生滿月形鏡片後的眼睛，發出銳利的光芒。

「古書先生，也就是說……」

古書先生對舞舞子的話用力點頭，同時從座位上起身。

「舞舞子，我們快去製書室！」

話一說完，古書先生隨即打開位在房間深處的門，衝進青苔走廊。舞舞子拎起裙襬追了上去，鬼魂和莎拉跟在他們後頭，露子也抓起沉浸在書中世界的本莉露的手，拔腿跑了起來。

照照美朝大家揮了揮手，表達自己要留在原地等待。露子再度把視線轉向書櫃上的玩具帆船，那裡已經看不到小鳥的蹤影，不過有一陣拍動翅膀的聲音從頭頂上呼嘯而過，可見星丸已經早他們一步往製書室飛了。

穿過螢火蟲飛舞的青苔走廊後，便是寬敞明亮的製書室。此時此刻，製書室裡的雨勢好像比以往更加強烈。晶瑩剔透的雨水化為一條條直線，在湖面上描繪出數不清的圓圈。

多虧這一陣雨，極光色的睡蓮上已經有許多「下雨的書」成形。書芊和書蓓披著羊皮紙披風飛過去，從盛開的花朵上把完成的書搬上岸，在玻璃走道上堆成一疊。達成使命的花朵，原本層層疊疊的花瓣一一鬆開，變得完全透明，接著溶入水中消失不見。

然後——湖心那個像蛋一樣緊閉，大得誇張的花蕾，開始緩緩而確實的出現變化。層層交疊的花瓣，一點一點的逐漸向外展開。

「恐怕是你們干涉到王國，才促使花蕾產生了變化。」

「是露子他們去追『黑影男』的關係嗎？」

古書先生盤著翅膀，定睛細瞧花蕾，舞舞子則從他的身後看著他。

「關於『黑影男』的事還是謎團。以追蹤的結果而言，他進入了王國，這也促使新的『下雨的書』誕生。根據老書先生的說法，曾有一個人類做了相當鮮明的夢，儘管那個夢相當鮮明，最後還是以破敗消散。能拯救那個夢，讓它

得以完成的就是『下雨的書』。這肯定是一本非常不得了的書，絕對錯不了——看啊，要開花了，能看到裡面的書了！」

在場所有人都屏氣凝神，看著那朵巨大的花。交疊得密密實實的花瓣，一邊閃爍著雲母色的晶光，一邊只為了展現它的美麗，以計算好的精密度，一片接著一片綻放，並且帶著高度的自信，揭曉其中的祕密。

數不清的花瓣伸展開來，出現在盛開花朵上的，是一本非常厚實的書。好一陣子，所有人都一動也不動。最後是舞舞子先張開嘴脣，小聲但清楚的對精靈下達指示。

「書芊、書蓓，你們去把書搬過來。」

兩個精靈在空中俐落的併攏雙腳表示遵命，隨即筆直飛向湖心。那本書的封面是皮革材質，看起來很有重量。還沒有翻開過的書頁堆疊得相當厚實，保護書角用的金屬器具發出月光色的光芒。

書芊和書蓓把書搬過來，交給古書先生。他們的藍寶石色眼睛裡，帶著莊嚴的神情。古書先生恭敬的接下書本，用短短的撥風羽輕撫封面。封面上沒有書名，整本書散發出神祕的氣息，挑起人們對未知故事的期待。

「打開看看吧。」

大家為了看清楚古書先生手中的書，統統湊在一起。古書先生用泛黃紙張顏色的翅膀，鄭重翻開厚重的封面，然後再翻開下一頁……

「……」

所有人都保持沉默。

書本也始終沉默不語。

古書先生翻過一頁又一頁……但是，每一頁都空空如也。

「會不會要用火烤，文字才會出現？」

鬼魂高亢的聲音打破了緊繃的氣氛。

「太奇怪了！」

古書先生皺起眉頭，低聲沉吟。

「『王國』的出現、特別的『下雨的書』……照理說，手札上的事應該已經發生了……結果出現的卻是一本盡是白紙的書，這究竟是怎麼一回事！」

「是因為『黑影男』吧？」

露子靈光一現，脫口說出自己的想法。

「『黑影男』不是從裂縫世界偷了很多東西嗎？所以說，可能就是因為他，才會出現一本空白的書……」

古書先生和舞舞子似乎都不這麼認為。

「這兩者之間有關係嗎？」

「不，目前還沒辦法斷定……」

古書先生的聲音就像是性能不穩定的機器上的螺絲，聽起來相當沉重。

「欸，我可不可以看這邊的書？」

本莉露不等古書先生回應，便蹲到那疊精靈搬來的「下雨的書」上。沒有故事可看的書，對她而言毫無吸引力。

莎拉帶著擔憂的神情，從純白色的傘影中打量古書先生、舞舞子和本莉露。整個製書室裡，只聽得見本莉露啪啦啪啦翻書的聲音，以及在那朵花綻放過後減弱下來的雨聲。

（咦？）

這時，露子開始四處張望。平常在這種時候，總會有一隻小鳥啾啾啾的嘲笑大家，而且他還會高聲笑著說：「就說別看什麼書了，來一場真正的冒險就好了！」

露子一直以為星丸早一步來了製書室，但是這裡到處都沒看到他的蹤影。

「不好了，舞舞子！星丸不見了！」

露子抓住舞舞子穿著綠色袖子的手臂。舞舞子一聽，臉頰也在瞬間僵住。

古書先生闔上淨是白紙的書，「咔」的一聲震響鳥喙，似乎在說「真是愚蠢」。

「哼！那小子才不可能乖乖待在同一個地方呢。小鳥和我們渡渡鳥不同，他們就是那種性格，沒什麼好擔心的。三兩下就肚子餓，也是小鳥的常理。」

換句話說，等到下次喝下午茶的時間，星丸自然就會回來——古書先生以他的方式安慰舞舞子，但是從舞舞子的瞳孔，還有圍繞在鬈髮周圍的珍珠顆粒中，可以感受到她的不安並沒有就此褪去。

「總之，現在先好好調查這本書吧。真是夠了，今天發生的事情還真多啊！」

古書先生帶著「下雨的書」，轉身準備回去店內。就在這時——

轟隆……腳下傳來某種東西受到擠壓的巨響，整個製書室開始劇烈搖晃。

十二　王國的氾濫

大家還來不及納悶發生了什麼事，便先拔腿衝向店內。古書先生跑在最前面，舞舞子和露子他們依序追在後頭。

「照照美，妳沒事吧！剛才的聲音跟晃動是怎麼回事？」

古書先生猛然打開通往書店的門，只見照照美無動於衷的坐在香菇桌前悠閒看書。那本書大概是她要麥哲倫從書櫃上拿來的，至於麥哲倫，牠正在書櫃的頂端，對轉個不停的銀河模型動手動腳。

「好像晃了一下呢。」

照照美表現得很沉穩，彷彿只是坐在午後時分的小船上。店裡沒什麼變化，硬要說的話，就屬長大的沙漠桃已經花瓣落盡，開始結出像圓潤臉頰般有弧度的桃子。

「星丸呢？」

上氣不接下氣的露子往前探出身體，但是充滿雨水和桃子香氣的店裡，並沒有看到星丸的蹤影。

這時，書店的入口發出咚咚的敲門聲，所有人轉頭看過去，門把喀嚓喀嚓的轉動了幾下，有人從外面開啟木門，前來造訪「下雨的書店」。

「哎呀……這天氣真是太誇張囉。」

一隻青蛙邊說邊走進店裡。這位身穿涼爽直條紋和服，披著時髦深藍色短外褂的訪客，是常來「下雨的書店」的七寶屋老闆。不過他今天和以往明顯不同，全身上下都滴滴答答的淌著水，完全就是一隻在水池痛快游完泳後跳上葉子的青蛙。

「不好意思，我需要水。能給我一杯水嗎？」

舞舞子還來不及說歡迎光臨，七寶屋老闆便急著用雙手朝自己的臉上搧風。舞舞子立刻在桌上變出一杯冰水，把它遞給七寶屋老闆。七寶屋老闆一口氣喝光杯子裡的水，然後像是受不了似的，發出沉重的嘆息。

「哎呀，現在總算活過來了，鹽水和我的身體實在合不來啊。」

「鹽水？」

古書先生見到七寶屋老闆的模樣，頸部的羽毛全都豎了起來。七寶屋老闆坐到從地面冒出來的香菇椅上，勉強打開溼漉漉的扇子，用它遮住自己的臉，然後點點頭。

「是的，沒錯，就是海水。現在發生了一件很離譜的事。古書先生，『下雨的書店』似乎正在海上漂流呢。」

「你說什麼？」

古書先生驚訝得睜圓雙眼，舞舞子則是立刻跑向剛才七寶屋老闆進來的入口，把門打開。

露子和莎拉要回家時，只要打開那扇小木門，就能通到市立圖書館的書櫃走道，不過現在從那扇門望出去，看到的是一片無邊無際、波浪起伏的翠綠色水面。

「快看！」

莎拉揪住舞舞子的裙子，看著外面大叫

「我們在烏龜的背上，一隻好大的烏龜。」

露子也跟著看向門外。莎拉說得沒錯，在書店和遠處的波浪之間，有個像是甲殼的東西。隔著那個遠比岩石平滑而且上頭帶有斑紋的甲殼，能看到類似鯨魚和虎鯨鰭的後腳以及粗粗的尾巴正輕柔的撫過水面，而且這隻烏龜遠比她們在水族館看過的海龜巨大許多。

「哎呀，是交通船啊。」

照照美拄著枴杖走過來，在看到外面的景色後，她若無其事的這麼說。雖然她們不久之前曾搭著烏龜穿過地底河流……但是當時的狀況和現在未免相差太大了。照照美那過於悠哉的個性，不經意的緩解了大家的緊張。

「我去看看。」

本莉露一說完，便把正好看完的書擱到桌上，然後穿過店門到外面去。

「本莉露！」

其他人被本莉露的舉動嚇了一跳，但是她沒有理會，逕自用穿著黑長靴的腿在甲殼上踏出腳步，往烏龜的頭部跑去。本莉露的身影消失在從門口能看到的範圍，不過還是能聽到她的呼喊。

「這隻烏龜很聰明呢！而且海好漂亮。」

莎拉被本莉露的話吸引，跟著把頭探到門外。

「人家也想看！」

「喂，莎拉，妳等一下！」

露子見莎拉往外跑，自己也追了上去。由於地面是傾斜的，她差點就掉進了水裡。烏龜的甲殼如同巨大的貝殼，上面覆蓋著無數道紋路般的傷痕。往前方看去，烏龜用牠大大的前腳悠哉划水，同時還掌握了波浪的流向。接著，再回頭看向她們剛才穿過的門，一棟由磚頭和礦石混搭成的石造小屋出現在眼前。

「下雨的書店」並不是蓋在海龜背上的店，再說眼前的屋子那麼小，根本容納不下書店和製書室。雖然露子她們是從這個小屋走出來的，但這個小屋的外觀和裡面的「下雨的書店」相比，明顯小巧許多。

話雖如此，「下雨的書店」正在海上漂流仍是無庸置疑的事實。他們乘在巨大烏龜的背上，置身在明亮的果凍色波浪間。

莎拉小心翼翼的走向烏龜的頭部，攀住早一步到達那裡的本莉露。烏龜面向前方游水，她則興致勃勃的盯著烏龜的臉。

視線可及的範圍內，淨是波浪、波浪、波浪，無邊無際的波浪呈現出哈密瓜果凍和蘇打果凍的明亮色澤，而且不斷的起起伏伏。

「我從沒聽說過這種事啊，這究竟是怎麼回事……」

古書先生把鳥喙探出門外，然後用短短的翅膀抱住頭，對眼前的景象大感困惑。

王國將吞沒裂縫世界——露子回想起占卜師這句話，背脊開始發涼。於是，她把莎拉和本莉露叫過來，三人急急忙忙趕回書店。

「這也是『黑影男』造成的嗎？要是我們當初在市立圖書館叫住他就好了……」

露子低聲說。七寶屋老闆聽了，快速眨了眨他的金色眼睛。

「哦？妳說的那個男人，該不會穿著黑色上衣吧？他是不是還戴著黑框眼鏡，留著整齊的鬍鬚？」

其他人大吃一驚，紛紛把視線集中到七寶屋老闆身上。

「七寶屋老闆，你認識他嗎？」

「是啊，那位客人稍早光顧了我的店，買了叫作『聚物盒』的小盒子。當時我覺得他是一位很罕見的客人，因為他和小朋友妳們一樣是人類。」

古書先生、舞舞子、書芊和書蓓，以及露子和莎拉的臉上，此刻都露出同一個模子印出來的驚訝表情。至於照照美、本莉露、鬼魂和麥哲倫，他們則是有的面露不解，有的張著嘴巴發愣，有的正在讓木頭人偶頭下腳上的倒立。

「你們認識他嗎？」

七寶屋老闆伸出長長的粉紅色舌頭，舔掉眼睛上的鹽水。

於是古書先生充當代表，向七寶屋老闆說明事情的來龍去脈。古書先生果然口才一流，連露子他們都覺得像在聽緊張刺激、讓人捏一把冷汗的故事。不過，舞舞子注意到他跳過了星丸失蹤的事，於是最後幫忙補充。

「另外，星丸從店裡消失了。七寶屋老闆，你有沒有看到他？要不是我對他大發脾氣——」

聽到這裡，露子輕輕拉了拉舞舞子的手。

「星丸他啊，說過那個『黑影男』可能就是需要他的人。他一定是去找『黑影男』了，所以……七寶屋老闆，你知不知道那個男的去了哪裡？」

七寶屋老闆正在仔細端詳古書先生交到他手上一片空白的「下雨的書」，聽到露子的問題後，他金色的眼睛閃過溼潤的光澤，搖了搖頭。

「很遺憾，這我就不知道了……啊，不過他當時說要去看星星。」

莎拉見露子沉默下來，便晃了晃露子的手，為她加油打氣。

「姊姊，星丸他一定不會有事的，他可是喜歡東跑西跑的冒險家耶。」

莎拉撐開的羽毛傘白得耀眼，露子和舞舞子說不出任何話，只是帶著不安的神情面面相覷。這時——

咚！

古書先生握起翅膀，用力敲了一下桌面。

「現在更重要的是，眼前這個緊急狀況該怎麼辦！我們『下雨的書店』竟然在大海上漂流……這樣豈不是沒辦法把丟丟森林的故事種子批進來了嗎？根據妳們聽到的說法，再這樣下去，『下雨的書店』將會被一個人類的夢吞噬。更嚴重的還在後頭，要是事情繼續發展下去，肯定連整個裂縫世界都會失去原有的樣貌。書本裡沒有記載故事，究竟是為什麼呢……」

古書先生開始焦躁起來，大大的鳥喙咔嚓咔嚓的不停顫抖。在他身旁望著天花板像在思考什麼的七寶屋老闆，突然「嘓」的叫了一聲。

「哦？真想不到……這是沙漠桃嗎？長得真是別緻。」

渾圓到彷彿隨時會滾下枝頭的沙漠桃，不讓盛開的花朵專美於前，華麗的結出了一大串果實。

「這是用您以前送的種子種出來的，我妹妹照照美幫忙施了肥料。」

舞舞子解說後，照照美輕晃帽簷向七寶屋老闆致意。

（七寶屋老闆看到在她帽子上擺動翅膀的蝴蝶，舔了一下舌頭。這個舉動當然沒有逃過露子的法眼。）

「妳使用的肥料能不能分給我？不瞞妳說，我正在為沙漠裡的鳥國略盡棉薄之力，協助他們重建果樹園。」

「鳥國的……？」

露子脫口說出這個詞彙後，意識到本莉露就在自己的面前，不由得瑟縮了一下。在本莉露還是能使用魔法的自在師時，曾為了帶走鳥國的公主，毀壞了鳥國的果樹園和書庫，被沙漠裡的生物當成獵物的鳥人們，也因此受了很多傷。

本莉露站在書櫃前，眼神似乎穿透了書背望向遠處。

（去看星星……能看到星星的地方……）

沙漠的綠洲裡有鳥國，鳥國的上空是一片無限廣闊，由星星交織而成的刺繡。

「肥料我有很多。要照顧植物的話，我很樂意幫忙。」

照照美對七寶屋老闆點了點頭。下一秒，露子和莎拉異口同聲的大喊。

「帶我們一起去！」

十三　露子一行人的啟程

外表陌生的石造小屋裡，是大家熟悉的「下雨的書店」。舞舞子立起用蜘蛛網做的旗子，讓星丸就算看到不同的外觀，也能認出這裡是「下雨的書店」而順利回來。

「本莉露，妳打算怎麼做？我們要出門一趟，妳要回貘那裡嗎？」

對於露子的詢問，本莉露的辮子垂掛到同一側，稍微想了一下。

「我也一起去。」

她抬起泥土色的眼睛這麼回答。她不再盯著書本，而是看著露子她們。

「本莉露姊姊，碰到一定得在空中飛的時候，人家會拉著妳的。」

莎拉挺起胸脯保證，露子則是蹙起眉毛，仔細觀察本莉露的表情——她擔心本莉露其實並不想去，只是在勉強自己。

「鳥公主非常有精神的在執行她的使命，但是啊，唉……看到『下雨的書店』這個情況，不知道鳥國是不是也變了樣。」

七寶屋老闆盤起雙臂。古書先生用翅膀搔了搔頭，同時大口吸著玻璃菸斗。

「唔……那我去聯絡渡渡鳥公會吧。不過你們幾個可別擅自行動啊，你們不像小鳥那樣輕盈，要是在危急時刻失散，那是最要不得的。」

「可是——」

本莉露注視古書先生。

「這是裂縫世界的危機對吧？我不想看到又有誰變成自在師。」

這句話讓在場所有人猛然一驚。自在師在裂縫世界面臨危機時，會為了縫合世界的條理而誕生，一旦危機解除，自在師便會隨之消失。本莉露是靠著「尊貴的大人」，也就是天候大納言的巧妙安排，才免於消失的命運。

「我寫封雨信給電電丸，一定不會有事的……雖然比不上星丸，但我們也算是經歷過不少冒險。」

舞舞子黃昏色的瞳孔亮起熠熠星光，書芊和書蓓也牽著彼此的手，小巧的臉蛋上顯露出凜然的神情。

「哇啊啊……哇啊啊……我要怎麼做？」

鬼魂不知道該如何是好，到處飛來飛去。古書先生用嚴厲的口吻對他說：

「鬼老弟，你就來幫我的忙吧！去進一步調查和這起事態有關的資料，還有聯絡渡渡鳥公會。」

鬼魂一聽，瞬間像結冰似的掉到草地上。

「呃……我、我現在還沒恢復到作家該有的樣子，能不能給我簡單一點的工作……」

儘管他這麼請求，古書先生只是從兩個鼻孔「哼」的噴出煙霧，根本不理會他的嘟噥。

「那麼，現在首先要做的，就是去我的庭園拿肥料囉。」

照照美拿著枴杖站起來，她開朗的態度絲毫沒有消退。

露子、莎拉和本莉露彼此對視，然後點點頭。照照美讓麥哲倫去拿搬運肥料用的籃子，自己則拄著枴杖笑咪咪的行禮。

「姊姊，那就再見了。謝謝妳的茶，非常好喝喔。」

照照美說完，便用象頭枴杖敲了一下門。枴杖上的魔法擴散到門扉，接著她轉動門把開啟大門。出現在門後方的，不再是波濤陣陣的明亮海面，而是她和露子等人先前走過的地底洞窟。

「露子、莎拉、本莉露，路上小心！妳們一定要回來喔，我會在這裡泡好茶等妳們。」

舞舞子雙手交握，對他們叮嚀。

照照美、露子、莎拉、本莉露和七寶屋老闆一行人，進入陰暗寒冷的洞窟，步下書本形狀的石階。麥哲倫的金色尾巴像是上了發條，一直轉個不停。

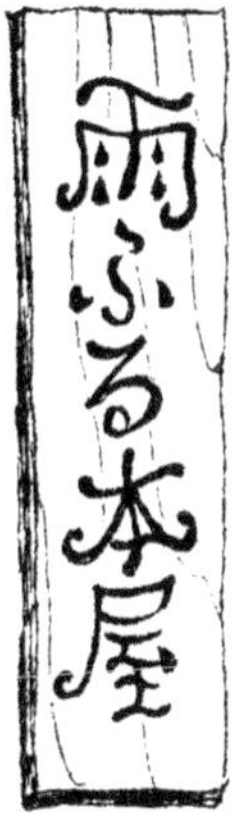

（下雨的書店）

刻著美術字的木門「碰」的一聲關上。

地底河正好有一隻甲殼上背著鳥籠的烏龜，朝著上游游過來。照照美摘下和他們人數一樣多的發光香菇，接著用麥哲倫脖子上的瓶子在香菇上滴幾滴蜜，把它們做成傘。

「哦……」

七寶屋老闆發出讚嘆，其他人則是不發一語的搭上烏龜的甲殼。甲殼上的白色花朵比先前還多，本莉露的手上沒有任何一本書，所以她只是凝視著遠處的某個地方。露子注意到這一點，但她決定什麼都不說。

「我們很快就會抵達。不過，之後要怎麼從我的庭園去鳥國？」

烏龜開始游泳後，照照美詢問七寶屋老闆。七寶屋老闆帶著如同往常的悠哉表情，點頭回答。

「這點不需要擔心，我已經備妥前往鳥國的方法。」

在香菇和水晶閃閃發光的岸上，能窺見精靈們的眼睛。烏龜背著青苔和鳥籠，朝著上游平穩的游去。

「七寶屋老闆，那個『黑影男』是什麼樣的人？」

縮在香菇傘下的露子，壓低聲音詢問。七寶屋老闆盤起手臂，把頭歪向一邊。

「這個嘛，我不確定那個人是不是妳們說的『黑影男』，不過他是個很低調的客人。我聽他說，他在外面的世界經營樂器店，這一陣子經常來裂縫世界，然後他的名字叫浮島。我原本還以為妳們認識他呢。」

「浮島先生……」

露子感覺心中產生了不可思議的連結。那個黑影男有名字也有工作，他就像露子和莎拉一樣，是在外面世界理所當然生活著的某個人。神出鬼沒的「黑影男」，這種叫法突然像是個無趣的角色扮演遊戲。

需要星丸的人就是他嗎？一個在本莉露待的丟丟森林來往過無數次，不久之前還在七寶屋的店裡買東西，總覺得好像抓得到，卻怎麼樣都抓不到的人……

不知道過了多久，一行人總算來到地底牢房，也就是關著沒眼瞼巨人的所在之處。露子和莎拉還是不敢看那個巨人，所以打算垂下視線（就像坐在遊樂園鬼屋的列車上，總會做的那種動作）。不過，比和巨人對上視線更恐怖的情況，讓她們把頭抬了起來。

「不見了……」

有著堅固鐵欄杆的巨大洞窟內，變得一片空蕩蕩的。

巨人從地底牢房失去了蹤影。

十四　莎拉買東西

庭園風和日麗，和露子、莎拉最初造訪的時候沒什麼不同。鮮花和綠葉恣意伸展，呈現出最燦爛的風貌。

七寶屋老闆事先喝過麥哲倫帶的蜜，所以不像露子她們當時那樣，被怪異的尺寸感弄得暈頭轉向。他爬出地下階梯一看見美麗的庭園，兩頰的膜便鼓了起來。

「哇……雖然裂縫世界相當廣闊，但是手藝如照照美精湛的園藝師，恐怕再也沒有第二個了。」

露子和莎拉忙不迭的到處張望，想知道牢房裡的巨人是不是來到了這裡。不過庭園看起來一派祥和，儘管某個地方出現了可怕的事態，但是對這裡的植物來說，似乎一點關係都沒有。和煦的風輕輕拂過，灰椋鳥、蜂鳥、蜜蜂和蝴蝶四處飛來飛去。

「照照美，妳覺得巨人去哪裡了？」

照照美拄著枴杖，叩、叩、叩的走上紅磚道。對於露子的詢問，她一邊在帽子陰影的遮蔽下仔細觀察花朵、葉子、樹木和土壤的狀況，一邊帶著微笑回答。

「這個嘛……會是哪裡呢？至少他不在這裡。如果他能幫忙做園藝工作，我真的會很高興。」

露子一聽，驚訝到下巴都快掉下來了。

「妳不怕巨人嗎？妳不是因為他受過重傷嗎？」

「害怕巨人？為什麼？他會踩到我的腳，一定是因為我嚇到他了。他的身體裡有很多好東西，大家都來要，他才不得不長出那些刺來保護自己。」

「嗯……像玫瑰和仙人掌那樣的植物嗎？」

「沒有錯。」

照照美的腦袋裡，除了植物大概就沒有其他東西了。連全身上下都是刺的巨人，在她的眼中也和大型植物沒什麼兩樣。

（巨人之所以會從牢房消失，會不會也跟王國和「黑影男」有關？）

說不定就是「黑影男」——或者該說是那個叫作浮島的人，把巨人從牢房裡放出去的。至於他這麼做的理由，那就不得而知了……

本莉露看美麗的庭園看得出神，但是她的眼神仍然有點緊繃，畢竟接下來要去的地方，是她曾經傷害過的鳥國。露子想對她說些什麼，卻不知道該說什麼才好。本莉露沒有拿著書本的手緊緊握著，皮膚變得一片蒼白。

「照照美姊姊，人家要這個。」

這時，莎拉丟下這句話，便開始採摘長在路邊的野白菊。

「喂，莎拉！」

露子連忙出聲喝斥。她想，庭園裡的花朵被照顧得這麼漂亮，隨便摘下來肯定會讓照照美很難過。

不過照照美不但沒有責備莎拉，反而開心得笑了起來。

「當然好，請自便。只要是妳喜歡的，都可以拿去。」

莎拉得到照照美親切的答覆，滿臉得意的看向露子。接著，她把摘來的野白菊一一插進本莉露的辮子裡。

本莉露用不可思議的表情，抓起自己多了花朵裝飾的辮子。接著，緊繃的神情從她臉上褪去，露子見了不禁對莎拉投以讚嘆的眼神。

照照美帶大家來到庭園一角的置物小屋。置物小屋裡有著高高堆疊起來的大袋子，袋子裡放著各種配方的肥料。照照美告訴七寶屋老闆，他需要多少都可以拿去。

「啊，真是太感謝了……」

七寶屋老闆一邊道謝，一邊用粉紅色的舌頭舔著嘴邊（露子很清楚，他在來到置物小屋的路上，偷吃了好多被花朵和肥料氣味吸引過來的昆蟲）。

「不過我可不能分文不付。身為一個生意人，我認為交易必須對等交換才能成立——照照美，妳看這樣如何？我收下重建果樹園所需要的肥料，然後在接下來的三年，提供妳新的種子和樹苗作為代價。我會為妳準備特別稀有的品種喔。」

照照美一聽，她那黎明色的雙眼變得更加鮮豔。

「哎呀，那可是求之不得呢。一言為定，我們把肥料送去鳥國吧。」

「可是要怎麼去鳥國？」

莎拉疑惑的歪過頭。七寶屋老闆雙手一拍，為她解答。

「來，我們要使用這個道具。這是我不久之前剛進的商品——『雙六圖[7]』。嗯……鳥國在這裡，然後在這裡畫上照照美的庭園……」

七寶屋老闆攤開從短外褂暗袋取出的一管紙捲，接著用隨身攜帶的毛筆，

7　一種桌上遊戲。參加者輪流擲骰子，並根據點數在指定的路線上前進。

流暢的寫下一些東西。乾燥粗糙的紙張上，到處畫著雲朵圖案，雲朵上用墨水寫著「下雨的書店」、「森陲市場」、「波波卡提・特奇奇聯合市集」、「周到批發店」等字樣，彼此之間以梯子形狀的線條連接起來。此外，紙上還有寫著「鳥國」的圖案。七寶屋老闆在紙張的空白處，新畫了一個寫著「庭園」的圖案，然後用細細的梯子將這個圖案和「鳥國」連接起來。

「大概估算一下，一、二、三……骰出五點應該就能到了。那麼，就讓莎拉小朋友來丟骰子吧。」

「人家嗎？」

莎拉開心的指著自己，不過她似乎還是不了解這個東西要怎麼帶他們去鳥國。露子同樣沒有頭緒，七寶屋老闆的這個道具，看起來就是一個能自己設計的雙六圖。就算在這張紙上抵達目的地，應該也不會有什麼事情發生。

莎拉接過七寶屋老闆遞給她的琥珀骰子，盯著它猛瞧。這時——

「嘓！」

七寶屋老闆冷不防的發出奇特的叫聲。

「哎呀呀，小朋友，看來妳需要買個東西。」

拿著骰子的莎拉一聽，頓時愣在原地。

七寶屋老闆那雙溼潤的眼睛，牢牢盯著莎拉不放。莎拉懷疑他是不是弄錯人，於是眨著眼睛回頭看露子，接著又看向本莉露和照照美。

「買東西？人家嗎？不是姊姊？」

七寶屋老闆從容的點了點頭，他的大嘴巴泛起神祕的笑意。

「沒有錯。好了，那麼──」

話還沒有說完，他便拿出七種顏色的盒中盒，在紅磚道上一字排開。紅色、橘色、黃色、綠色、藍綠色、靛藍色、紫色──大盒子裡依序出現比較小的盒子，總共七個彩紙做的盒子整齊排列在地上。

這個和紙做的盒中盒，正是七寶屋老闆的七個商店。他會在盒子裡販售顧客需要的東西──不過，他出售的東西不是顧客想要的，而是由店主看出顧客會需要什麼。

「要買古董品，請到黃色的盒子。」

排在第三個的黃色盒子，上頭畫著好幾隻線條滑順的鶴。七寶屋老闆一打開這個美麗的盒子，還沒收起驚訝表情的莎拉，便和青蛙老闆一起從眾人的眼前消失了。

露子蹲到黃色盒子的前面——他們果然在盒子裡，縮小到像是迷你人偶的莎拉和七寶屋老闆，正看著彼此。

莎拉的驚呼聲，傳到了黃色盒子的外面。

「好厲害！」

露子也想像莎拉那樣驚呼。她覺得自己很像在觀察娃娃屋，到目前為止，她已經在七寶屋買過好幾次東西，不過從外面看別人在盒子裡買東西則是頭一遭。本莉露帶著不安的神情，在露子身後觀察盒子裡的情況。

「哇，好漂亮。」

在後面觀看的照照美，也興奮得這麼說。麥哲倫不停轉動尾巴，一副想玩弄盒子的模樣。

店裡陳列著光澤亮麗的糖漿色家具、吊鐘花造型的燈、滿布蔓草花紋的壺，還有容易被誤認成珠寶的刀劍等物品……這些東西經歷了漫長的歲月，散發出獨特的厚重感。如冰雪般潔白的鶴標本各自擺出優雅的姿勢，站立在這些古董品之間。

莎拉因為來到七寶屋的店裡開心不已，再加上眼前盡是從來沒見過的東西，所以她像跳舞似的轉著圈，到處東看看西瞧瞧。她的手裡拿著一把收起來的傘，露子怕她不小心撞倒商品，為她捏了好幾把冷汗。

「這裡有好多好漂亮的東西！人家也進到七寶屋老闆的店裡了！萬歲、萬歲——」莎拉一邊有節奏的歡呼著，一邊在原地跳上跳下。

「七寶屋老闆。」

露子從盒子的上方呼喚。

「莎拉需要的東西，是新的蝸牛嗎？」

她注意到店中央的展示櫃裡擺著戒指、扇子和墜飾等物品，而其中有一樣是螺旋形的寶石，所以才開口這麼問。然而，七寶屋老闆只是一派悠閒的搖頭。

「不是。小小朋友已經有蝸牛了，這次要請她買的東西是這個。」

七寶屋老闆從玻璃展示櫃拿起某樣東西交給莎拉。莎拉看了，整個人立刻停了下來。

「好漂亮……」

莎拉一看到那個東西，便忘了自己前一刻還興奮得到處打轉；露子也睜大眼睛想看個仔細。縮小的莎拉手上拿著超迷你物體，看起來像是沙漏。

「這個東西叫漏鐘。有段軼事是這麼說的：漏鐘原本是『昨天之國』的王子擁有的物品，那位王子迫不及待要見到『後天之國』的公主，所以請鐘錶匠製作出這個東西。使用這個道具，就可以把時間萃取出來。」

「把時間萃……？」

小得像一粒豆子的莎拉，似乎沒有聽懂七寶屋老闆說的話。

「簡單的說，只要妳把這個漏鐘倒過來，然後在沙子掉落的期間等待某樣東西，這樣一來，妳就能依照自己迫不及待的程度，得到新的時間。」

七寶屋老闆說明完，莎拉仍然滿頭問號，露子也聽不太懂這個物品究竟要如何使用。不過七寶屋老闆推薦的東西，肯定能發揮某種效果，而且在某些時候，還會以意想不到的方式發揮作用……

「那麼，請結帳——」

七寶屋老闆從皮革材質的搖椅後面，拿出不太起眼的釉壺。本莉露一看到那個壺，立刻抱住露子的手肘。她像是有什麼話想說似的，拉著露子的蝙蝠雨衣。露子轉過頭，安撫表情陷入僵硬的本莉露。

「別擔心，未來不會再從壺裡漏出去，七寶屋老闆會把蓋子蓋緊。」

儘管露子這麼說，本莉露還是抿著嘴唇，緊盯著眼前的黃色盒子。若要向七寶屋老闆買東西，便要使用「沒買這項商品的未來」作為代價。客人已經得到他需要的商品，所以不再需要沒有商品的未來。在七寶屋老闆的店裡，那樣的未來可以當作找到新商品的可能性來使用。

唰——長長的透明帶子從莎拉的肚臍附近冒出來，逐漸被吸進七寶屋老闆的壺裡。吸取完未來後，七寶屋老闆立刻為壺蓋上木蓋，然後覆上油紙，再迅速用麻繩束緊。

本莉露看到這一幕，這才把憋在喉嚨裡的氣吐出來。本莉露原本是露子在七寶屋店裡支付的未來，卻在陰錯陽差之下從那個壺裡洩漏出去，變成了另外一名少女——本莉露。後來本莉露以自在師的身分，一個人孤單寂寞的生活。

為了讓本莉露安心，露子對她說：

「七寶屋老闆正在幫忙讓鳥國恢復原狀，所以他不會讓同樣的事情再次發生的……要是莎拉也分離出另一個少女，那我可就照顧不來了。」

本莉露聽了，有些難為情的笑了笑，繫在她辮子上的野白菊也隨之搖曳。

十五　穿過庭園

「哇，年輕人的未來真是不一樣，好有活力啊。」

七寶屋老闆讚嘆不已，多送了一個金魚糖果盒給莎拉，莎拉才從店裡回來。

「妳們看！」

莎拉得意洋洋的舉起她頭一次買的東西。她的臉頰紅通通的，那個漏鐘有著沙漏的外觀，但是裝在玻璃盅裡的不是沙子，而是五顏六色的透明礦石顆粒。這些礦石顆粒比沙粒還要大，怎麼看都不覺得它們能落到玻璃盅的另外一端。

「不過，人家要用這個等什麼啊？」

莎拉把反射光芒的漏鐘舉到空中仔細觀察，同時皺著眉發問。這個裝著礦石的玻璃盅漂亮歸漂亮，但是另一個用馬口鐵做成，嘴裡會吐出糖果的金魚更讓她愛不釋手。

「當然是小朋友妳想等的東西囉。」

七寶屋老闆把七個顏色不同的盒子從小到大依序收起，最後把最大的紅色蝴蝶盒放進短外褂的暗袋，重新攤開先前的地圖。

「讓各位久等了。那麼，小朋友，請妳丟骰子吧。小心不要丟出六喔，要是超過鳥國，會停到『休息一次』的格子上。」

莎拉仍舊一副有聽沒有懂的樣子，但她還是把手臂一揮，將骰子扔到紅磚道上。

骰子滾出四點。

在七寶屋老闆拿著的雙六圖上，墨汁開始一點一點的蔓延，連接兩朵雲的梯子顏色也隨之變深，最後，墨汁蔓延到寫著「鳥國」雲朵的前一格。同一時間，露子為自己腳邊的光景吃了一驚。他們一行人的身體，也從腳底開始染成黑色，就如同浸泡在墨汁裡一樣。不論是本莉露套著長靴的腳、露子和莎拉套著運動鞋的腿、七寶屋老闆的和服，還是照照美的洋裝，全都無一例外。麥哲倫露出利牙「吱」的叫了一聲，緊緊攀住照照美的肩膀。

「再丟一次，如果這次丟出一，就能抵達鳥國了。」

莎拉背負著不能失敗的壓力，神情凝重的準備丟出骰子。

「妳一定辦得到。」

露子在一旁為妹妹加油打氣。舉凡鬼腳圖、搖獎機這類以運氣定勝負的遊戲，露子從來沒有贏過莎拉。

就在這時——地面傳出的嘎吱聲，讓莎拉停下了手邊的動作。大腿以下已被墨汁染黑的一行人，轉頭看向發出聲音的地方。麥哲倫露出小小的利牙，用低沉的聲音威嚇。這股氣氛非比尋常，彷彿是預告暴風雨將至的風，挑起露子體內深處的某種古老感覺，使她的內心開始顫抖。

出現在他們眼前的，是頂天立地的巨人。

他就像是從地面長出來似的，而且不知道在那裡站了多久。那個全身上下披覆尖刺、沒有眼瞼的巨人，矗立在照照美的合歡樹旁，俯視著露子他們。他的身軀巨大得不可思議，圓睜的眼窩裡盡是空洞——告知危險的訊號在露子全身上下流竄。

「快啊，莎拉……！」

露子感覺現在得先逃命才行，於是出聲催促莎拉。莎拉的肩膀抖了一下，接著才準備把骰子甩出去。

「等一下。」

出聲制止莎拉的是本莉露。本莉露站到莎拉前面，伸出手臂阻擋她。照照

美一邊安撫因為害怕而露出利牙的麥哲倫，一邊用帶點憧憬的眼神仰望巨人。

「那傢伙打算跟我們一起去鳥國。」

本莉露盯著巨人的腳，仔細一瞧，這才發現巨人那如同大樹的雙腳，也染上了墨汁的色彩。要是連巨人也去了鳥國，搞不好會發生更大的麻煩。

不過照照美只是把手放到嘴邊，用和平時沒有兩樣的語調，輕呼了一聲「哎呀」。

「不好了，我們還沒讓巨人喝蜜吧？」照照美問麥哲倫。

現在不是在意這種事的時候吧！麥哲倫發出更激烈的聲音，對迷迷糊糊的主人大表不滿。

但是就如同照照美所說，沒有喝蜜的巨人在照照美的庭園裡，當然顯得格格不入。巨人抬起一隻腳，稍微往前跨出一步，轉眼間就縮小到像是一隻小狗，變得不再那麼巨大。不過他還是跟先前一樣，面無表情的看著露子他們。

本莉露迅速衝向縮小的巨人，直接伸手抓住他。整個過程快得迅雷不及掩耳，本莉露用雙手抓著巨人，朝露子他們大喊。

「我要把這傢伙帶去丟丟森林，絕不讓他跟去鳥國。露子，你們快走！」

滲透到本莉露和巨人腳上的墨汁逐漸消退。

「本莉露，妳先等一下！」

露子不由自主的奔向本莉露，她一邊跑一邊回頭對莎拉大喊。

「莎拉，快丟骰子！你們先去鳥國，我們很快就會追上！」

「等等，小朋友，妳們忘了……」

七寶屋老闆連忙把手伸向露子。不過露子沒有聽他的話，而是握住本莉露的手臂。

「可是，姊姊……！」

「王國的事情也要告訴鳥公主喔！莎拉，妳不會再迷路了吧？」

聽到露子這麼說，莎拉頓時明白了姊姊的意思，同時更用力的握緊手中的傘柄。那個總是喜歡撒嬌的妹妹，流露出像是貨真價實的公主表情——莎拉點了一下頭，然後丟出琥珀骰子。

骰子輕巧的滾了幾下，轉到畫著一個大圓圈的那一面停了下來。

「一！」

莎拉大聲喊出數字，接著全身上下包括紮在額頭上的瀏海末梢都變得一片漆黑，當然七寶屋老闆和照照美也一樣。

露子用眼角餘光，看到墨色像被沖入水裡似的逐漸消失，同時尋找「夢之力」的提示。她和抱著巨人的本莉露一發現星形的藍色風鈴草，兩人便被吸入那朵花裡，順著淡綠色的滑梯一路旋轉，不斷的往下滑——

十六　發熱的岩地

露子和本莉露的目的地是丟丟森林。她們順著花莖隧道往下滑，前去那片幽暗靜謐、有本莉露的貘等待的森林。

然而，事情並沒有這麼順利。

在順著滑梯高速往下滑的途中，被本莉露抓著的巨人開始變大，過不了多久，本莉露就再也抓不住他了。巨人貫穿淡綠色的隧道，逐漸恢復成原本的大小。隧道隨之晃動甚至斷裂，把露子她們拋到某個不知名的地方。

露子背部朝下，「咚」的一聲重重摔在堅硬的地面上。她頓時無法呼吸，咳嗽連連、手忙腳亂的從地上爬起來，畢竟就那樣躺在地上，搞不好會被巨人一腳踩扁。

露子一站起來，就看到自己身旁矗立著一個一動也不動的東西，起先她還以為那是一棵巨大的樹，直到抬頭往上看，才發現那是背對著自己的巨人。

「啊……」

露子身旁的本莉露，發出既不像嘆息也不像沉吟的聲音。她抓住本莉露的肩膀，扶著她急急忙忙遠離巨人。

原本被關在岩窟洞穴裡的巨人，身形高大得幾乎要貫穿天際。他的身上沒有任何衣物，看起來就像是乾燥成岩塊的泥偶。那驚悚的模樣，讓看到的人不由得心臟緊縮了一下。

「我都忘了，這個巨人沒辦法進入丟丟森林。」

本莉露輕描淡寫的這麼說。露子聽了，震驚得眼珠差點彈出來，難怪剛才七寶屋老闆要阻止她們。只有擁有遺忘的夢或故事種子的人類，才夠能進入丟丟森林——她們怎麼會忘記這麼重要的事情！

（這比照照美的迷糊程度還要誇張……）

巨人沒有任何動靜，雙六圖的墨汁已經完全從他們三人的身上消退。

露子開始動腦，思考這裡是什麼地方。蒸氣從腳下冉冉上升，使眼前的景象變得模糊。他們所處的地方，是一塊平坦的紅色岩石，而冒出蒸氣的地方，似乎是一道凹陷的斷崖。大片蒸氣從紅色岩石表面的各處往上升，一路攀到露子她們看不到的高處。

「本莉露，妳受傷了！」

露子抓起本莉露的手，把它往上翻。本莉露的手掌上，到處都是因為抓住變小的巨人而刺到的傷口，而且傷口還在流血。露子從口袋裡掏出手帕，把它塞進本莉露的掌心，然後開始尋找附近有沒有乾淨的水源。可是這一帶只看得到由紅色岩石鋪成的大地，以及竄升的蒸氣。

本莉露抬頭看著巨人的背影，一點也不在乎露子對她的擔憂。

「……他打算要到哪裡去？」

如同她的這句低喃，巨人完全沒有回頭看她們一眼，慢慢的向前踏出腳步。大概是因為先前一直被關在地牢裡，巨人的身體變得很遲鈍，行動看起來非常生硬，活動身體時說不定還會痛。不管怎麼樣，巨人絲毫不理會露子和本莉露——應該說，他直接把兩個女孩拋諸腦後——自顧自的邁出步伐。

雖然不知道他要去什麼地方，但目前至少不用擔心會被巨人發現，然後被他踩扁……

「本莉露，我們得回去『下雨的書店』。」

看到巨人的一舉一動彷彿都會發出嘎吱巨響，露子覺得自己身上好像也被刺扎到似的，難受得不得了，恨不得馬上逃離這個地方，回到充滿桃子香的「下雨的書店」……

然而，本莉露的視線牢牢黏在巨人身上，似乎是想從巨人那滿是尖刺的背影讀出什麼訊息。

「他說不定是要去找『黑影男』。」

她望著巨人的背影這麼說，露子一聽不禁嚇了一跳。

「為什麼？」

「我總覺得那個巨人不屬於裂縫世界……雖然我現在已經忘得差不多了，不過當我還有自在文字筆的時候，只要是屬於裂縫世界的東西，我就能夠讀取。就算是第一次看到的東西，我也讀得出它有什麼樣的故事，又是以什麼樣的原理存在……但是這個巨人並沒有那樣的東西，當然，也有可能因為我不再是自在師，所以才讀不出來……」

本莉露緊盯著巨人那到處都是尖刺的背部，蹙起眉頭，謹慎的挑選話語。

在玻璃瓶坡的時候，露子確實也有感覺到某種和裂縫世界不太一樣的氣息……

「不過巨人見他要做什麼？假設他要去『黑影男』那裡——七寶屋老闆說那個人叫作浮島……」

本莉露把視線轉向露子，凝視著她的雙眼。

「星丸一定就在『黑影男』那裡。」

露子驚訝得睜大眼睛，同時不小心吸進一大口蒸氣，被嗆得不停咳嗽。本莉露的眼神，彷彿在露子的心臟上用力按了一把。

「跟上去吧，露子。我們得把星丸帶回來才行。」

本莉露沒有多加猶豫，便跟上巨人的腳步。她一邊追著巨人的身影，一邊保持不至於被踩到的距離，露子則是緊緊貼著本莉露的辮子往前走。莎拉為本莉露裝飾在辮子上的野白菊，暴露在高溫蒸氣中，已經枯得軟趴趴的。

不曉得這裡的蒸氣是從哪裡來的？紅色地面下的斷崖深處又是什麼樣子？四周因為熱氣變得模糊不清，巨人前進的腳步卻不帶一絲遲疑。儘管從露子的方向看過去，只看得到巨人的背影，但一想到他那雙眼睛現在也張得開開的，露子的背上便竄過一陣寒意。

巨人不斷往前走，一刻也沒有停下來過。那個男人真的會在這種地方嗎？還是說，他們要穿過這片岩地，到更遙遠的地方——

露子感覺身上的寒意愈來愈強烈，就像是得了重感冒。

巨人的腳步起初還很生硬，現在卻走得愈來愈快。露子和本莉露要是不用跑的追趕，就有可能會在濃密的蒸氣中跟丟。現在，不僅眼前的景象一片模糊，就連意識也嚴重的模糊起來。露子很清楚自己的身體在發熱，而且相當不適，雙腿也在顫抖。她身旁的本莉露也整張臉脹得通紅，喘得上氣不接下氣。

（是蒸氣造成的……！）

露子連忙用蝙蝠雨衣的袖子摀住口鼻，但是已經太遲了。雖然不知道蒸氣裡含有什麼毒素，但露子和本莉露早已吸進相當可觀的分量。

本莉露的身體再也不聽使喚，整個人跌坐下去；露子也失去站立的力氣，跪倒在地上。巨人完全不在意她們，自顧自的愈走愈遠。

本莉露在岩地上蜷起身體，半閉著眼睛，肩膀不停上下起伏。露子想搖晃她的肩膀，手卻彷彿離自己好遠好遠，最後她也和本莉露一樣，撲倒在紅色的岩地上。此刻的她，連用蝙蝠雨衣飛到空中逃離蒸氣的力氣都沒有了。

（啊……好險莎拉沒有一起來。可是現在該怎麼辦？再這樣下去，會不會又有人變成自在師，重寫裂縫世界的條理呢？碰到這種時候，星丸應該要飛過來幫忙才對啊。）

露子眼前的景象，隨著心跳時而變暗、時而模糊。就在這時，她看見一隻鳥從遠處飛過來，不過那不是露子在尋找的琉璃色小鳥，而是有著偌大鳥喙、

身形矮矮胖胖的鳥。那隻腿粗粗、翅膀短短，照理來說應該不會飛的鳥，正伸展著用木架和布料做成的翅膀，朝露子這裡直線飛來。

露子接著又看見，在那隻鳥的後面，還有一隻巨大的飛行魚，從容不迫的朝她們游過來。露子輕拉一下本莉露的手臂，想告訴她：「已經沒事了。」

十七　重逢又重逢

露子平躺在涼快舒服的座位上。多虧額頭上的溼貼布，先前那種腦袋快要沸騰的不適感，現在已經退去了一大半。

「來來來，快把藥喝了。妳們實在很亂來耶，要是我們沒有趕上，會變怎樣妳知道嗎？妳們兩個很可能就要在那裡一命嗚呼了。妳絕對不會想在那種地方被熱死，對吧？」

先前那隻飛向露子她們的鳥，一邊滔滔不絕的說著，一邊幫忙露子撐起身體，讓她喝下杯子裡的藥水。這種味道類似哈密瓜，喝起來冰冰涼涼的藥水，滑順的流過先前有如火在燒的喉嚨。露子從沒喝過如此甜美可口的飲料，沁涼的甘甜擴散到整個身體，使得熱氣逐漸消退。

「烏拉拉……妳是烏拉拉吧？」

把手（正確來說是翅膀）叉在腰上，看著露子的年輕渡渡鳥，確實就是曾經幫助過露子他們的渡渡鳥公會成員，同時也是飛行魚昴宿魚團的保母——烏拉拉！

烏拉拉把護目鏡戴在額頭上，調皮的對露子眨眼睛。

「好久不見啦，最近過得好不好？雖然妳們剛被發熱氣體弄得慘兮兮就是了。現在感覺怎麼樣？藥很有效吧？妳跟另一個女孩都可以放心了。」

烏拉拉轉過身，讓躺在對面座位上的本莉露喝下同樣的藥水。本莉露露出不可思議的表情，看著眼前這隻年輕的渡渡鳥。

露子慌慌張張的把身體湊向烏拉拉。

「烏拉拉！莎拉、莎拉到鳥國去了，她是和七寶屋老闆還有舞舞子的妹妹照照美一起去的。」

露子確認自己搖搖晃晃的雙腳能夠活動後，立刻打算站起身。這時，座位的觸感讓她突然意識到一件事，這種粗糙卻帶有幾分柔軟的觸感是——

「是刻萊諾嗎？」

「沒錯，古書先生動用了『無論如何』，所以我們才會去找妳們。刻萊諾百分之百掌握了妳的位置，她已經把妳的氣味記得滾瓜爛熟了喔。」

從身體內部讓露子逐漸虛脫無力的燥熱已經消退，取而代之的是開心之情擴散到全身上下的每個角落。

「刻萊諾，謝謝妳來救我們！」

露子抬頭望向狹長的圓頂狀天花板，並且喊出這隻飛行魚的名字。隨後，像是作為回應，她們所處的空間稍微傾斜了一下。此刻的露子她們，正處在一隻魚──渡渡鳥公會照顧的飛天古代魚肚子裡。

露子興奮得好想用力跳起來。刻萊諾是七隻飛行魚「昴宿魚團」裡的老大姊，她個性溫柔、工作勤奮、喜歡惡作劇，而且對露子喜愛有加。露子安心下來後，大大的吐出一口氣……但是吐到一半，她又連忙把氣吞了回去。

因為她注意到，這個空間裡還有另一個人。

「啊啊！」

露子顧不得禮貌，指著那個人發出尖叫。戴著眼鏡，身穿黑色上衣的那個人，正是露子和莎拉在市立圖書館追尋的對象──浮島先生。她們懷疑這個人就是「黑影男」，同時也是星丸認為需要自己的人。

「妳們都沒事吧？這真是一場大災難啊……現在身體覺得怎麼樣？」

浮島先生一臉擔憂的看看露子，再看看本莉露。露子還沒從驚訝中回過神來，本莉露則是處於放空狀態。在她們的凝視之下，浮島先生開始擔心自己是不是不該出現在這裡，因而縮起了肩膀。

「總算把這個人找出來了。我們把有王國出現的地方統統找了一遍，結果

他卻出現在月之原，真是受不了。然後，他也不知道王國正在氾濫，為了讓他明白這件事，我可是花了好一番功夫呢。」

烏拉拉在刻萊諾的肚子裡走來走去，她尾巴上的羽毛也隨之晃個不停。

「星、星丸人呢？」

露子不客氣的對浮島先生——也就是「黑影男」發出質問，並且把臉湊到他的黑框眼鏡前。浮島先生被她的氣勢震懾住，不由得連連眨眼。

「星丸？他是妳的朋友嗎？」

浮島先生的聲音很沉穩，說話的語調卻有點高揚，感覺得出他對露子說的話沒有半點頭緒。

露子感覺自己的心開始往下沉，她還以為星丸會跟浮島先生一起，結果這個人根本就不認識星丸。露子先深呼吸穩定情緒，然後懷著些許不確定對方會不會相信的不安，開口說明。

「星丸是我的朋友。他是幸福的青鳥、希望之星，還是個喜歡冒險的男孩。他說過需要他的人很可能就是你，所以他現在一定正在到處找你。」

浮島先生黑框眼鏡後的眼睛眨了好幾下。他的瞳孔很深邃，相貌鮮明，在露子的眼中，看起來就像是從故事書裡走出來的親切叔叔。

「你來裂縫世界之後都在做什麼？」

露子的聲音卡在喉嚨裡，遲遲發不出聲音，於是由本莉露代為問話。浮島先生從斜掛在身上的包包裡，拿出一個小木盒，那大概就是七寶屋老闆之前說的聚物盒。那個盒子的外觀很樸素，上頭既沒有塗上顏料，也沒有裝飾。打開蓋子後，裡面一格一格的放著小石頭、貝殼、鳥的羽毛、某種生物的骨頭、肥皂的碎塊，還有蟲蛻下的皮。這些東西不是微微發光，就是咔噠咔噠的動著，還會一點一點的改變外型，可見都是活生生的東西。

「小時候，我滿腦子都在想像著不一樣的世界。說來有點難為情，就算是長大了，我還是忘不了那時候的各種想像……

某一天，我碰巧看見妳和一位大概是妳妹妹的人，在圖書館裡念了某個咒語，接著就不見了。所以我按照妳們的作法去找一隻蝸牛，然後念出小時候隨便亂想的咒語。很抱歉，我擅自模仿妳們的行動。但是我萬萬沒有想到，原來這樣的世界真的存在……」

「那些東西是你偷的嗎？」

本莉露毫不客氣的質疑，讓浮島先生嚇了一跳，趕緊搖頭否認。

「絕對沒有這種事。我只是覺得非常懷念，小時候想像的東西，被我遺忘了好長一段時間……我沒想到自己想像出來的世界竟然真的存在。我害怕自己回到原本的世界，這一切就會變成一場夢，消失得無影無蹤，所以才會收集這些小石頭和漂亮的碎塊……在這個世界裡，該不會不能撿小石頭之類的東西吧？」

露子和本莉露聽了，不禁面面相覷。

「那不是什麼壞事。只不過你就是因為這樣，才成了大家口中神出鬼沒的『黑影男』。」

烏拉拉把翅膀叉到腰上，這麼回答浮島先生。露子見他好像真的很慌張，開始覺得這個人似乎不是壞人。

露子她們把王國和星丸的事情說給浮島先生聽。大概是因為烏拉拉已經事先說明過，所以浮島先生一臉認真的聽露子她們說話。

「也就是說，由於我來到這個世界，現在這裡發生了很嚴重的事……是這樣嗎？」

浮島先生眉頭深鎖，搗著嘴巴陷入沉思。在場只有本莉露毫不猶豫的點了點頭。

「為什麼叔叔……浮島先生不是去『下雨的書店』，而是去了丟丟森林？」

露子一直對這點很疑惑，不過浮島先生露出意外的表情，揚起的眉毛使得額頭上浮現了皺紋。

「『下雨的書店』？」

烏拉拉插嘴解釋。

「她們平時在蝸牛的帶路下，都是去到一個名叫『下雨的書店』的地方。不過，你可能是因為有明確的目的地，所以才會在丟丟森林來往吧。我說的目的地，指的就是你想像出來的王國。」

浮島先生在健談的渡渡鳥和兩個女孩的包圍下，變得臉色蒼白，神情也相當凝重。

「要怎麼做，才能阻止王國——也就是我的想像氾濫下去？」

「那就要請你看書囉。」

烏拉拉用翅膀撫過光滑的鳥喙。

「照理說，那本書的開頭應該寫著王國的故事，根本不會發生氾濫的情況。可是完成的書一片空白，所以只能讓你來看了。」

「那巨人呢？」

露子將刻萊諾像鎧甲般緊閉的魚鱗窗板推開一些。刻萊諾正在空中的道路——也就是被稱為「風脈」的風之軌道上游著，窗外只看得見耀眼的綠色和銀色氣流。

「巨人也是浮島先生想像出來的嗎？」

浮島先生訝異的皺起眉毛。

「什麼？巨人？」

「嗯，關在地底牢房裡沒有眼瞼的巨人。」

浮島先生搖搖頭，眉間的皺紋變得愈來愈深。

「不是，我沒有印象，至少小時候的我沒有想像過那種東西。不過……」

他看向本莉露被烏拉拉用繃帶包住的手。

「如果知道事情會變成這樣，我沒來這個世界可能還比較好。」

這句話讓露子不知道該如何回應。那個巨人看起來是要前往某個地方……

但是如果他不是要找浮島先生，他又是要去哪裡呢？

「好啦，不管怎麼樣，我得把這件事告訴古書先生。不過，在這之前——」

烏拉拉丹田使力，用宏亮的聲音大喊。

「更改目的地！在去『下雨的書店』之前，我們先去鳥國接莎拉！」

一行人即使坐在座位上，也能感覺到刻萊諾猛然擺動起尾鰭。

十八　夢到的夢

本莉露縮著腿坐著，整個人陷進座位裡。烏拉拉把一個看起來沉甸甸的木箱，「咚」的一聲放到她面前。本莉露訝異的抬起頭，烏拉拉臉頰上的羽毛輕輕膨了起來。

「這些全都是書。古書先生說，妳無論如何都會需要，所以拿來我這裡。雖然我覺得就算是這樣，也用不著準備一大堆，但我知道他一定會說『世界上哪有什麼東西比書更重要』，然後嘮叨個沒完，所以我就乖乖的全部帶來了。」

烏拉拉劈里啪啦的說了半天，讓本莉露聽得目瞪口呆。但是不管怎麼樣，至少她現在知道箱子裡清一色都是書，於是她拿起最上面的書本，連聲謝謝也沒說便讀了起來。

「裂縫世界的其他地方，現在是什麼情況？莎拉和七寶屋老闆，還有照美他們沒事吧……」

聽到露子這麼一問，烏拉拉摘下額頭上的護目鏡，用翅膀的前端擦拭鏡片。

「不曉得。不過烏國那裡有負責偵查的公主，而且七寶屋老闆也在，應該用不著擔心。」

事情也許確實如她所說。在烏國，唯一會飛行的烏公主總是高高飛在空中，在第一時間觀察會對國家造成危害的東西。萬一危險逼近，莎拉他們可以用最快的速度提出警告，畢竟莎拉擁有和鳥公主的天傘一樣的羽毛傘。

不過……

（「王國」真的是那麼危險的東西嗎？）

這一點讓露子很疑惑。大家都說，裂縫世界是讓出現在夢裡但沒有實現的願望重獲新生的世界。既然那個夢巨大到被稱為「王國」，裂縫世界應該容納不下它才對。因為巨大的夢出現在裂縫世界，才導致「下雨的書店」漂流到海上嗎？

露子他們在玻璃瓶坡感覺到的不尋常，以及莎拉當時說的「感覺很寂寞」，還有那個巨人……人類的夢會單純因為沒有被收錄在「下雨的書」裡，就引發這樣的氾濫嗎？

浮島先生坐在最後面的座位，雙手緊扣放在大腿上，並且陷入沉思。露子下定決心走到他面前，開口問：

「請問，你能多告訴我們一些王國的事嗎？」

露子認真的語氣讓浮島先生稍微瞇起雙眼。在他那略帶琥珀色的瞳孔深處，寄宿著寂寥的陰影。那道陰影的深邃程度，絕對不是露子所能想像的。浮島先生緩緩點了點頭。

「我小時候因為生病一直住在醫院，所以沒有朋友。隔壁病床的孩子，也在跟我變得要好之後，沒多久就從那個地方消失了……因此我總是孤單一人，整天想像著另一個沒有生病的自己，以及能夠自由跑來跑去，甚至出去冒險的世界……

成群的川狼。在河裡游泳的川狼，會噴出水花使水流變得湍急。那條河的旁邊有一間風車小屋，在那間小屋裡，人們會敲碎從月亮上挖掘來的石塊，把它做成砂糖。

紙張做成的森林。森林裡的樹木、樹葉、草地和土壤，都是由白紙做成的。在這片森林的某處，記載著任何人一生中都會看過一次的祕密訊息。

交響樂之城——這是一座巨大的建築物，裡面住著內心被詛咒幽閉的公主。所有想像得到的樂器演奏家，從世界各地聚集到城裡，嘗試演奏出能夠打動公主內心的音樂來解除詛咒。不過，還沒有任何人能順利把音樂傳達到公主的心中。

巴倫尼姆——這是由成千上萬的氣球堆疊起來的空中都市，裡面住著許許多多的風。每隔七十年，天龍會來這座城市生蛋。天龍有翅膀，但是沒有四肢，所以牠一生都飛在空中生活……」

說著說著，浮島先生的眼中逐漸亮起光芒。但是下一秒，他露出難為情的表情，自己把眼中的光芒盡數熄滅。隨後，他垂下頭搔了搔腦袋。

「我已經老大不小了，這些東西早就應該忘得一乾二淨才對。這裡是給妳們這些小孩冒險的地方，我的病已經痊癒，所以不再需要王國了。要怎麼做才能消除它呢？妳們認識的古書先生會不會知道方法？」

「消除王國？有必要嗎……」

「不用擔心，我們已經把店裡書櫃上的書全都挖出來查資料了。」

烏拉拉一派樂觀的打斷露子。

露子咬住嘴唇。莎拉說得沒有錯，這個人似乎相當寂寞，不管怎麼看，都不像是不再需要王國的樣子。再說……露子也不覺得這個裂縫世界會希望浮島先生把自己夢到的東西消除。

「仍然缺少中樞之柱的現在」——先前被氣球帶往空中的時候，風說的這句話忽然浮現在露子的腦海。

露子懷抱小小的期待，進一步詢問浮島先生。

「浮島先生，在你想像的王國裡，有沒有一隻青鳥？那隻鳥能變成男孩，頭上有白色的星星圖案……」

浮島先生歪頭思索了一會兒。

「不，沒有。他是妳剛才提到的朋友吧？我不記得自己的想像裡出現過他。」

他回答得不是很有把握，而且不知道為什麼，他的語氣聽起來非常傷心。

「妳看。」不知道在座位前方撥弄什麼東西的烏拉拉，出聲呼喚露子。露子轉過頭，看見烏拉拉正把一塊攤開的布裝到翅膀上。她原本洩了氣的心，頓時重新膨脹起來。

「烏拉拉，那是妳自己做的嗎？」

「那還用說，我可是渡渡鳥公會的工程師呢。看著妳們便讓我開始覺得，能自己在空中飛是一件多麼美妙的事，所以我就自己做了滑翔翼。雖然還在試作階段，但多虧有古書先生的『無論如何』，現在有了派上用場的機會。怎麼樣？做得很精美吧？」

烏拉拉不等露子回答，便背好手工翅膀，打開刻萊諾胸鰭後面的鎧甲窗板，高聲叫道：

「我們一起飛吧！」

露子把頭轉回去，看見本莉露窩在座位上，沉浸在書本的世界裡。她蜷起的身體隨著呼吸上下起伏，顯得很幸福的樣子。露子見了這才放下心來，決定跟著烏拉拉一起出發。

鎧甲窗板的外面，是由氣流匯聚而成的河，也是飛行魚長途移動時使用的風道。

烏拉拉縱身躍進氣流，露子也隨後跟上。銀色的氣泡附著在風構成的翡翠色緞帶上，不斷流向後方。在不斷迎面而來的氣流中，露子扶著青銅色魚鱗，在幾乎要接觸到刻萊諾的尾鰭時，張開蝙蝠雨衣的翅膀。

她在風中穿梭，靠近刻萊諾的臉頰。飛行魚的長相和腔棘魚非常相似，身上有著沉甸甸的鱗片，以及彷彿要演化成手腳的粗厚魚鰭。露子仔細看著刻萊諾又大又圓的眼睛。

「刻萊諾！妳最近過得好不好？」

飛行魚渾圓的眼睛骨碌碌的轉動，對露子親切的打招呼。刻萊諾的眼睛宛如內部充滿清水的窗戶，那溫柔又讓人懷念的眼眸，映照出露子的樣貌。

「當然好了。她上次載過妳們，工作起來更加快樂了。她現在到處飛來飛去，勤奮得連其他六個妹妹都比不上。」

烏拉拉靈巧的操縱手工翅膀，出現在刻萊諾的頭頂上。

「烏拉拉，渡渡鳥飛得起來耶！」

露子拉開嗓門大喊，以免聲音被風吹散。烏拉拉笑了起來，她的笑聲和風構成的緞帶交織在一起，傳進露子的耳朵。

「不過古書先生快要氣炸了，他當時對我這麼說：『妳打算否定渡渡鳥的進化嗎！』」

露子跟著笑了。她一邊笑，一邊凝視刻萊諾深邃的瞳孔。

「刻萊諾，我告訴妳喔，我的妹妹莎拉她啊，現在也飛得起來了，是不是很厲害？」

刻萊諾什麼話也沒說，但是露子只要觀察她藍色的嘴脣，以及透明薄膜保護的瞳孔深處，就覺得自己能明白魚的心情。現在的刻萊諾，正為能再次見到露子高興不已，另外……她還試圖要露子想起什麼。

刻萊諾清澈的眼睛動個不停，看著某個地方。露子恍然大悟，按住自己的口袋，那裡面放著她寫故事用的筆記本。

刻萊諾像是對露子的動作點頭表示贊同，她藍色的嘴唇泛起只有魚才做得到的典雅微笑。

照理說，新的「下雨的書」應該寫著王國的故事才對，那本書卻是一片空白。如果寫下那些故事呢？雖然露子的筆記本不是「下雨的書」，但如果她在裡面寫下王國的故事……

露子心裡的齒輪開始飛速轉動。如果寫下王國的故事，說不定就能找到阻止氾濫的方法。就算只是一點蛛絲馬跡也行……在齒輪的驅使下，露子轉頭對烏拉拉大喊。

「烏拉拉，我要回裡面去了！」

「是嗎？那我再飛一會兒！右邊的翅膀還得調整一下。」

烏拉拉同樣拉開嗓門大聲回應，不過她話還沒有說完，露子便旋轉蝙蝠翅膀，從只開了一點縫隙的鎧甲窗板飛進刻萊諾體內。她收起翅膀，跑到坐在後方座位上的浮島先生面前。

「浮島先生，請聽我說——我有件事想拜託你。」

浮島先生直視露子，仔細聽她說話。他完全沒有因為露子是小女孩，就想要隨便打發她，於是露子也下定決心，凝視他的眼神作為回應。

「我喜歡寫故事……將來，我想要成為作家。浮島先生，你願意讓我寫王國的故事嗎？」

浮島先生起先有點訝異，但是他隨後淺淺揚起留著鬍鬚的嘴角，並且點了點頭。在他的眼裡，露子看起來有些耀眼。

「妳有很了不起的夢想呢，當然可以了。」

「謝謝你。」

露子轉過身，在埋頭看書的本莉露對面坐下，隨後從口袋裡掏出筆記本和筆。

接著，她開始寫了起來。

十九　王國的故事

露子手上的筆看起來是透明的，筆芯裡完全沒有墨水。

她翻開筆記本，拿好筆準備寫字後，墨水便畫著蔓草的紋路，在透明的筆桿內逐漸冒出來。墨水呈現淡淡的紫色，就像是寒冷的冬雨。

這是她之前在七寶屋老闆店裡買的筆，名叫「隨心所欲墨水筆」。這枝筆的筆桿平常都是透明的，不過拿在手上時，筆桿內就會出現和想寫事物或是浮現在腦海中的點子相稱的顏色。不過現在出現在筆桿內的顏色，不知道跟露子接下來要寫的內容合不合……

本莉露正在看書，浮島先生則是陷入沉思，並且凝視著聚物盒裡的各種小東西。露子一邊窺看浮島先生低垂的臉，一邊用筆尖輕敲筆記本的內頁。

紫中帶灰的小點，在紙上串連起小雨的圖案。

『醫院裡的病床上……有個男孩在幻想……他做了一個王國的夢……』

（不對。不行不行，不是這樣。）

露子由上到下拉出一條線，把這行弱不禁風的字劃掉。

『在純白的床上，有個男孩為了幻想，想要擁有顏色。來探望的人送的花，還有糖果的顏色……他要用看不見的畫具，畫出一個王國……』

這樣也不太對。露子再度劃掉文字，稍微調整了一下呼吸，然後閉上眼睛，耐心等待理想的詞彙浮現腦海。這樣一來，筆尖才能準確捕捉到出現在腦海的文句……

『……在純白的病床上，我能夠用所有色彩，畫出看不見的圖畫。只有我才看得見的圖畫會動起來，而我也能前往圖畫裡。雖然我的手上插著點滴，所以沒有辦法下床，但我隨時都能進入自己畫出的圖畫世界。

那個世界，叫作「王國」——』

露子的心跳開始撲通撲通的加快。一種在暗地裡做什麼勾當，或是踏上危險冒險之旅的感覺，讓她拿著筆的手不停顫抖。

故事在她的筆下逐漸展開。

不用說也知道，這裡的「王國」，指的就是屬於浮島先生一個人的幻想世界。就算是這樣，露子還是無法壓抑下筆的衝動。無論如何，她都想把自己和莎拉一路上看到的玻璃瓶坡、巴倫尼姆，以及浮島先生提到王國的不同面貌，還有連他自己也不知道的，那個沒有眼皮的巨人寫下來……

把這些故事寫下來，也許就會明白什麼——剛才露子凝視刻萊諾的瞳孔時，油然而生的預感，開始在露子的心裡扎下深根。

露子用顫抖的手，在筆記本寫下一個又一個文字。

『當我發高燒的時候，我會去風車小屋找住在那裡的老爺爺。風車小屋的天上總是一片掛著月亮的夜空，月亮像玻璃珠一樣圓滾滾的，夜空中散布了許多星星，使得頭頂上比白天還要明亮。

我每次向老爺爺要到月光砂糖後，高燒就會一口氣降下來。

我向老爺爺道謝，離開風車小屋時，正好遇到一群川狼跑過來。這群狼披著銀色毛皮，體型十分健壯，而且都有一雙藍色的眼睛。我好希望自己也能像牠們一樣快速的奔跑。

「坐上來！」

跑在最前面的狼朝我大喊。我使盡全力跑過去，跨坐到牠的背上。月亮砂糖已經讓我退燒，現在又騎在奔跑的狼身上。此刻的我，已經沒有什麼好怕了。狼群發出長號，我也跟著一起吼叫。此時此刻，我的心臟跳動得比任何人都還要有力。』

（沒錯，一定就是這樣。雖然這是我的幻想……是我的嗎？不對不對，這是浮島先生小時候的幻想。但是不管怎麼樣，都得先寫下來看看……）

就這樣，露子每寫好一個字，便緊接著繼續寫下一個字。

『有隻大烏龜從河川對面游過來。牠的甲殼上背著鳥籠，鳥籠裡有一隻青鳥。青鳥就那樣待在籠子裡，被烏龜帶在背上移動。

「喂！」

我朝那隻青鳥大喊，但是牠沒有回應。成群的川狼和背著鳥籠的烏龜，就那麼擦身而過。

「好啦，川狼就跑到這裡。天快亮了，你必須到紙之森林去，那裡寫著你這輩子只能看一次的祕密訊息。」

我爬下川狼銀色的背，看著牠們在陽光的照射下，逐漸溶入水中。接著，當我要朝紙之森林的方向踏出腳步時，有人出聲叫住了我。

「小少爺，要不要看看你的未來？」

一位把報紙當衣服穿的占卜師，前方擺著用木箱充當的桌子。我很想趕快去紙之森林，又想表現出自己很勇敢，才不害怕什麼未來，所以我開口回答：

「好啊，請你占卜看看吧。」

占卜師操弄起紗線剪，開始把紙張剪成精細的圖案。過不了多久，木箱上便出現了倒下的小孩，以及好幾個在哭泣的眼睛。

「很遺憾……看來是病魔的力量比較強。」

占卜師咧開嘴脣，笑著說。

「我才不相信！」

我拔腿跑了出去。那種占卜根本是在騙人，只要去了紙之森林，就能找到寫在那裡的真相。一定不會錯的。』

寫著寫著，露子想像的王國和裂縫世界，在筆記本上逐漸交織在一起。不過露子不以為意——正確說來，是不管露子怎麼想，她都無法停下動筆寫作的手。

比起之前追著「黑影男」闖進王國的時候，或是「下雨的書店」開始在海上漂流的時候，甚至是從浮島先生口中聽到故事的時候，像現在這樣寫成文字的方式，更能讓露子感覺到王國就在身邊，彷彿自己也在那裡遊玩過，自己也在醫院的病床上受過折磨。

（巨人呢？巨人在什麼地方？本莉露說得沒錯，那個巨人不可能和王國沒有關聯……）

『今天我沒有想像王國的東西，因為昨天我在紙之森林裡跑了一整個晚上，也沒有找到寫給我的訊息。那裡到處都是一片空白，什麼也沒有寫，看起來和這張床沒什麼兩樣。

我總覺得自己心臟的所在之處，好像什麼也沒有。

「我們加油，動手術試試看吧。」

媽媽這麼對我說。

「不用害怕，你很堅強，一定過得了這一關。」

醫生也為我打氣。

媽媽的臉看起來像是鍍金面具。我很清楚她是為了不讓我害怕，才下定決心要維持笑容；爸爸臉上的鍍金面具比媽媽的拙劣一點，有時候還會露出快哭出來的表情。而且，他總是顯得很疲憊。

只要有我在，大家就會很痛苦。身體又在發燒了，明明是我的身體，它卻不肯照我說的去做。我活在這個身體裡，但這個身體彷彿不屬於我。

救救我。身體燒得愈來愈嚴重了，我看見難過的表情，聽見有人要我加油。那難過的面孔和打氣聲，都讓我好生氣，這些情況完全不是我的錯啊！

我決定要去王國，所以用力閉上眼睛。

不過我到達的地方，不是像果凍一樣的海洋，不是玻璃瓶坡，也不是交響樂之城，而是好暗好暗的泥土底下，有河水靜靜流過的地下洞窟。
我發現河的對岸有個岩石做的牢房，因而嚇了一跳。那個牢房裡關著一個滿身是刺的巨人，巨人臉上的空洞眼睛一直看著我，連眨也不眨一下。那是個沒有眼瞼的巨人。
我害怕得拔腿逃離原地。在那段期間，巨人一直看著我，從來沒有移開視線……
「救命啊！」
我放聲大叫，然後意識到自己躺在病床上。
淚水從眼眶湧了出來，我用沒有插點滴的手臂遮住臉，現在的我很生氣，又因為害怕而哭了出來。媽媽在床邊安慰我說：「沒事的。」但她不知道我看到了那個巨人，所以根本無法安心。
心臟撲通撲通的跳動著。這就是我的心臟，它很明顯的在活動著，我甚至湧起想把它按住的念頭。』
從露子心臟傳遞出的文字，不知不覺從帶有寒冷細雨的色彩，轉變為染上黑濁的紅色。她的心臟再次發出顫動。這些串連起來的文字，接下來會往哪個方向前進呢……

『抵達王國時，我發現自己又站在那個巨人的牢房前。巨人用沒有眼瞼的雙眼注視著我。

我舉起手打算遮住他的視線，心頭卻突然一驚。我的心臟像是被人用力扯掉，雙手也長出密密麻麻的尖刺。是那場高燒造成的嗎？難道是因為燒得太嚴重，身上才會長出刺嗎？

我和巨人一樣滿身是刺，我的身體變得和巨人一模一樣，該不會，那個巨人就是另一個——』

「露子？」

來自頭頂的聲音，讓露子差點放聲尖叫。她抬起頭，看到本莉露不知何時已經站在自己的旁邊，盯著自己的臉猛瞧。

「妳在寫什麼？新的故事嗎？我可不可以看？」

本莉露興致勃勃的想看露子的筆記本，露子連忙遮住剛才寫的內容。她握著筆的手僵硬起來，並且微微顫抖著。

「不、不行，這個……不是故事。」

「這樣啊。」

本莉露有點失望，但她隨即把辮子撥到肩膀後面，伸手指向刻萊諾的鎧甲窗板。

「鳥國到了。」

露子完全沒注意到刻萊諾已經飛抵目的地，她趕緊收好筆記本和筆。鮮豔花朵散發的香氣，乘著乾燥的夜風飄進飛行魚的身體裡。

「——是刻萊諾！」

莎拉的聲音從外面傳來。露子一行人以十萬火急的速度從飛行魚下來，踏上鳥國所在的沙漠。

二十　博物館的種子

舉頭仰望，多到數不清的星星在夜空中呼吸。刻萊諾在帶有淡淡銀色的柔沙上，降落到魚鰭稍微掠到地面的高度。

一行人面前的綠洲，清水蕩漾著粼粼波光，植物展現出蓊鬱綠意，披著如黃金般明亮外衣的建築物，高聳得直入天際。莎拉握著傘柄，從那片綠洲往這裡飛過來。露子看到她神采奕奕的模樣，終於卸下心中的大石頭。莎拉任憑風吹鼓羽毛傘，輕盈的飛越水泉，朝露子他們的方向而來。

無窮無盡的星光，在沙漠的上空織出紋路複雜的刺繡。歷經漫長歲月才抵達這裡的光芒，看顧著這個有鳥人生活的小小國度。王國的氾濫似乎還沒波及這裡。

七寶屋老闆曾經說過，浮島先生打算去能看到星星的地方。露子轉頭看了看四周，想尋找附近有沒有星丸的蹤影，然而在空中發出高亢鳴叫並飛過來的，並不是那隻琉璃色小鳥，而是撐著類似莎拉羽毛傘的白色小鳥。

「歡迎你們！我料想的沒錯，我正想說你們差不多該到了呢！」

拿著天傘在空中進行偵查工作的鳥公主，對露子他們大喊。她從高塔上俐落的乘著氣流往下飄，和莎拉一起飛過來。儘管莎拉和鳥公主的身體大小和構造大不相同，彼此卻不可思議的相似。莎拉和露子第一次來到這個國家時，她甚至被誤以為是新的鳥公主。

外表如同一團白色棉絮的鳥公主，撐著和莎拉一樣在夜空中散發光輝的純白天傘，開心的迎接露子一行人。

「我已經聽莎拉他們說了，又有怪異的事發生了呢。」

鳥公主扁平的嘴巴裡，發出玩具笛般的說話聲。

「初次見面，鳥公主殿下。」

從刻萊諾體內走下來的烏拉拉，用恭敬的態度，笑容滿面的跟自己的同類打招呼。

「我是來自渡渡鳥公會的烏拉拉。如妳所說，目前又有怪異的事情發生了，不過在裂縫世界，幾乎沒有什麼事情是不怪異的，所以用不著那麼緊張。我們在尋找露子她們的途中，一併找到了王國的主人。如果進行得順利，最後的結局大概就是裂縫世界變得比之前更熱鬧吧。」

烏拉拉劈里啪啦的一口氣說明。鳥公主聽完後，愉快的蓬起全身的絨毛。

「既然渡渡鳥公會有所行動，那就可以放心了。我也把偵查範圍擴大到更遠的地方吧——對了，你們的朋友幫忙把果樹園好好整頓了一番喔！」

莎拉因為那些鳥類把自己說話的機會搶走了，於是輕盈的降落到沙地上，握住露子的手。

「姊姊，照照美姊姊好厲害！她撒下肥料後，桃樹就重新活了過來！人家也有幫忙喔，姊姊去看看嘛。」

莎拉這麼說著，拉起露子和本莉露的手。這時，她注意到兩人的背後還有另一個人，於是趕緊躲到露子的身後。

浮島先生從刻萊諾的出入口觀察鳥國的情況。充滿神祕色彩的鳥國，似乎奪走了他所有的心神。

「嗨，妳好啊。」

浮島先生輕手輕腳的從刻萊諾身上爬下來，彎下腰對像是小老鼠般躲著的莎拉打招呼。

「我已經聽說了，因為叔叔的關係，害妳弄丟了寶貴的蝸牛……對不起喔。」

莎拉握著露子的蝙蝠雨衣不放，抬頭看向浮島先生。接著，她用詢問的眼

神看看露子，又看看本莉露。不過露子還沒從剛才自己寫的故事中完全抽離，本莉露也是滿臉蒼白，全身僵硬得無法動彈。

「本莉露，歡迎妳來。」

烏公主轉動著手裡的天傘。

「把頭抬起來吧，妳早就不是自在師了。這個國家的人，完全沒有要怪罪妳的意思。好了，大家快來果樹園看看，我還有事情得告訴你們。」

烏公主說完，便朝著綠洲飛了出去，所以露子他們也只能盡快跟上。浮島先生一時之間無法決定自己該怎麼做，於是烏拉拉交代完刻萊諾在原地等待後，用翅膀往他的屁股用力一拍。

「你當然要一起去啊！沒有你，王國的事情就解決不了了。別拖拖拉拉的，你不是想像出不輸給這裡的美妙王國嗎？不要看鳥國看得出神了，動作快動作快。」

烏公主帶領一行人繞過綠洲，前往和葛藤蔓草交融在一起，直上雲霄的鳥國建築。果樹園就在那棟建築的後方。

「哇……」

露子忍不住發出驚嘆。

果樹園裡種植著好幾百棵「下雨的書店」裡也有的沙漠桃。每棵樹上柔嫩的葉片，都在沙漠的風中輕輕搖曳。

金色的松鼠猴從桃樹林裡跑過來，爬到莎拉的身上。莎拉和這隻松鼠猴麥哲倫似乎已經成為好朋友。麥哲倫充當金色的圍巾，將尾巴繞在莎拉的頸邊。

有著人類的身體，頸部以上是各種鳥類的鳥人，散布在果樹園更後方的沙漠中忙碌工作著。老鷹、鸚鵡、鸕、伯勞、巨嘴鳥、魚鷹……他們頸部以上是各種鳥類的樣子，不過穿在身上的，清一色都是用蠶豆色和藏青色布料做成的上等衣裳。那些鳥人提著燈火，成為沙漠裡的點點微光。

「照照美姊姊！」

莎拉往果樹園跑去。露子也對本莉露使了個眼色，打算和她一起跟上去。這時，她發現莎拉打著赤腳，這才想到穿著運動鞋不好在沙堆上走路。她把自己的鞋襪脫掉拿在手上，隨後細碎的沙子開始陷進腳趾縫裡。

（這樣好像星丸。）

露子的內心有點雀躍，於是加快了奔跑的速度。本莉露繼續穿著她的黑色長靴，跟上露子的腳步。

在果樹園的中央，能見到照照美坐在作工精細的金製椅子上，那大概是鳥人們為她準備的吧。她的身旁擺著一張玻璃桌，桌上放著和鳥人們手上款式相同的淡銀色提燈，提燈靜靜的散發出光芒。

「露子、本莉露，妳們看，所有的樹都恢復精神了。我已經好久沒做這麼有意義的工作了。」

照照美晃了晃有蝴蝶駐足的帽子，露出微笑。不管在什麼地方，她的身邊都圍繞著風和日麗的庭園氣息。儘管裂縫世界發生了異變，儘管露子和本莉露在追逐巨人時，因為吸進發熱氣體而昏厥，在看到這樣的照照美之後，便開始有種那些波折都是一場夢的錯覺。

嗶嚕嚕——鳥公主撐著天傘，靈巧的在樹枝間穿梭飛行，同時發出鳥鳴。

「是不是很棒？等桃子結果的時候，我一定會好好款待你們。那麼——我要先回去偵查了，稍後見！」

她用天傘捕捉到一道氣流，迅速往上飛昇，飛到果樹園上空比塔頂還要高的地方。

玻璃桌上放著裝滿清水的水瓶，以及杯身雕刻精細的高腳玻璃杯。在喝水的不是照照美，而是站在她身旁的七寶屋老闆。

「哎呀哎呀，小朋友！妳們果然沒去成丟丟森林對吧？不過妳們平安無事就好。請看，在照照美的巧手打理下，果樹園三兩下就恢復了生機——抱歉，我要水。哎呀，我平常都是喝沼澤裡的水，綠洲裡的清水滋味果然不同凡響啊。」

七寶屋老闆一口氣喝光冰冰涼涼的水，然後露出看不太出來是在笑的笑臉。他金色的眼睛，捕捉到跟著來到果樹園的浮島先生。

「哦？這位客人，你也和她們在一起呀——那麼，巨人怎麼樣了？」

露子和本莉露把巨人為了尋找某個東西而不知去向，以及烏拉拉和刻萊諾趕來救她們的經過說出來。

「然後，這位浮島先生說夢到王國的人就是他，可是他不知道那個巨人的事……也不知道星丸。」

露子說著說著，頓時產生一種自己在透過別人嘴巴說話的感覺。浮島先生確實說過自己不知道巨人和星丸，不過露子總覺得事實並不是這樣。浮島先生可能夢見過巨人和星丸，只是他自己沒有意識到……

（不過……也有可能是我自己這麼認為。）

露子隔著蝙蝠雨衣，用力按住口袋裡的筆記本和筆。

有沒有可能她寫的一切都只是幻想？她並沒有很仔細聽浮島先生說的內容，而是單憑自己的想像寫故事。要把這樣的內容當真，實在不能說是可取的行為。

不過……

那些內容並不是通篇都是謊言，已經觸及到某個重要部分的感覺，在露子的內心生根茁壯。

莎拉擔心的看向突然沉默下來的露子。

「姊姊，妳看。」

莎拉像是要讓露子和本莉露振作起來，伸手指向照照美身旁的桌子。在玻璃杯的旁邊，放著莎拉在七寶屋買的漏鐘。鐘裡的礦石一邊轉變為液態，一邊以極為緩慢的速度往下滴到另一端，然後又變成固態，形成漩渦的形狀。

「人家在等妳們的時候用了這個鐘，然後就跑出了這麼漂亮的結晶喔。然後照照美姊姊說，她要在這裡蓋博物館。」

「咦？」

露子不禁懷疑起自己有沒有聽錯。照照美則是輕輕笑了起來。

「莎拉，不是要蓋博物館，我可不會蓋房子。我要做的，是讓博物館出現在這裡。畢竟姊姊的店還在海上漂流，這裡才有寬廣的地面。」

照照美將黎明色的雙眼從果樹園移開，看向拓展到遙遠天邊的沙漠。沙漠裡的鳥人低頭看著地面，勤奮的工作著。停在帽子上的蝴蝶，在這時拍了拍翅膀。

「那些鳥人正在幫忙播博物館的種子。要讓博物館出現，便不能沒有雨水，所以我已經聯絡了姊姊。雖然我是用通訊葛通知她，但現在也差不多該有回音了。」

照照美一說完，天空就像是算好時間似的，在沙漠的果樹園正中央滴下幾滴雨。

雨水落到一半突然停在半空中，接著一個個轉變為文字的形狀。

做姊姊的會辛苦一些

「上面寫『做姊姊的會辛苦一些』——這封雨信是什麼意思啊？」

本莉露被逗笑了，辮子跟著晃來晃去。

「姊姊，這不是妳寫的，對吧？」

莎拉一臉狐疑的問。露子再也忍不住噗哧一笑，隨後筆直的看著莎拉的雙眼。這一次，她用自己的嘴巴確實說了出來。

「莎拉，我打算去浮島先生的王國看看。我覺得要找到星丸和巨人，就必須這麼做。」

「我也去。」

她一說完，本莉露馬上點頭附和。

莎拉聽了先是把眼睛睜圓了好幾秒，然後癟著嘴思考了一會兒，最後把臉抬起來回答。

「那人家要留在這裡，幫照照美姊姊的忙。」

露子原本以為莎拉一定會跟過來，所以這句話讓她大為訝異。雖然與其去引發氾濫的王國，莎拉還是待在這個有鳥公主看守的地方比較安全……

莎拉的視線牢牢黏在露子按著不放的口袋上。

「姊姊，妳要去做很重要的事，就跟照照美姊姊的博物館一樣重要，對不對？那人家也要留在這裡工作，這樣才能趕快找回蝸牛。」

露子見莎拉早已看穿自己打算寫一篇故事，臉頰不禁脹成紅色。她不認為自己寫好故事之後，王國、巨人和星丸的事情就能解決。但就算是這樣，莎拉似乎還是相信露子的決定。沒想到自己的妹妹明明是個愛哭鬼，現在卻擺出一副深明事理的公主模樣。

把尾巴繞在莎拉頸邊的麥哲倫，俐落的爬下她的肩膀，然後從露子的手上一把搶走她塞著襪子團的鞋子。麥哲倫把她的鞋子併攏放在玻璃桌下，讓露子回來時能立刻穿上。

「好，照照美，莎拉就託妳照顧了。」

露子低下頭拜託照照美，但照照美只是稍微側過頭，笑著回答。

「哎呀呀，我和莎拉一樣是妹妹，可能不是很靠得住喔——不過妳不用擔心，既然雨信已經寄到，就代表姊姊很快就要來了。」

「浮島先生，你打算怎麼做？」

七寶屋老闆對杵在原地、一臉不知道該如何是好的浮島先生詢問。浮島先生慢條斯理的搔了搔後腦杓，然後點了點頭說：

「我……我想自己到處繞一繞，去尋找阻止王國氾濫的線索。雖然我不知道那個巨人的存在，但王國出現是我的責任。」

七寶屋老闆聽了，盤起雙手看向上空。

「這樣啊。既然你都這麼說了……那不妨去一趟『下雨的書店』。那裡的老闆古書先生，正在調查王國的事情。他相當有智慧，想必已經找到了什麼好方法。」

「你說古書先生很有智慧，確定不是在開玩笑嗎？他就只是個書痴，跟『獵書嗡嗡』沒什麼兩樣耶。」

露子連忙叫住露出深思的表情，準備轉身離去的浮島先生。

「等等！浮島先生，我聽七寶屋老闆說過，你原本打算要去能看到星星的地方，王國有那樣的地方嗎？」

露子這麼一問，浮島先生深鎖的眉頭稍微舒緩了一點。

「有的，那個地方叫『流星之丘』。在我想像的王國裡，那裡是景色最優美的地方。」

浮島先生只回答這麼多。

他閉上眼睛，向在場的七寶屋老闆、烏拉拉、照照美、露子和莎拉低頭致意，隨後便轉身踏出腳步，獨自離開。沒有多久，那穿著黑色上衣的背影，便消失在重現生機的果樹園樹林裡。

「好啦，趕快走吧，我一直讓刻萊諾等著呢。她要是失去耐心，到時候可會飛得橫衝直撞喔。都已經是個老奶奶了，怎麼還這副德性。」

烏拉拉說到這裡，尾羽不禁顫抖了一下，於是露子等人再次出發。

「莎拉，妳絕對、絕對不可以離開照照美和七寶屋老闆的身旁喔。」

面對露子不厭其煩的叮囑，莎拉略微皺了皺眉頭，而她肩膀上的麥哲倫，玳瑁色糖球般的雙眼則是亮了起來。

「姊姊妳才要注意安全。」

莎拉說完，高舉起撐開的白色羽毛傘，為露子一行人送行。

「路上小心！人家會在這裡等著的！」

她強而有力的聲音，成為推動大家前進的動力。

二十一　故事娓娓道來

露子、本莉露和烏拉拉再度搭上刻萊諾，展開天空之旅。

「烏公主沒有生我的氣，其他鳥人也是。」

本莉露在座位上抱著腿，喃喃自語著。烏拉拉用開朗的語調對她說：

「那沒什麼好驚訝的，因為妳對自己過去做的事情感到懊悔，已經非常足夠了。不管是誰，都能從妳沮喪的樣子看出來。比起這個，烏公主不是跟妳說了，要妳把頭抬起來嗎？妳別跟古書先生一樣只知道看書，也來試試滑翔翼怎麼樣？」

面對烏拉拉的提案，本莉露甩動辮子搖了搖頭，再度把頭埋到書中。

至於露子，自從她在刻萊諾的身體裡坐定後，便一直把隨心所欲墨水筆握在手中，書寫自己從浮島先生的王國想像到的故事。她的手片刻不停歇，彷彿是墨水筆自己在寫字。

『有一天，我在巴倫尼姆看著龍的蛋孵化。

天龍身上的鱗片是桃紅色，翅膀像魚鰭一樣透明。這種龍沒有手腳，一輩子都在風裡生活。牠每隔七十年，會為了生蛋而來巴倫尼姆一次。

當時，我趴在白色的氣球上，蛋被銀色的絲線牢牢繫在氣球上。龍媽媽事先撤下這條銀絲，讓蛋不會不小心滾下去。

蛋殼發出劈啪聲開始破裂，龍寶寶很快就要出生了。我心想，等這隻龍孵化出來，我要和牠做朋友。

快了，就快要出來了。蛋殼已經破了一個洞，從洞裡能看到一個小小的臉蛋。這隻龍寶寶的鱗片是粉紅色的，眼睛則是好漂亮的水藍色。

「過來。」

我呼喚牠，並且對龍寶寶伸出手。我用左手撐著氣球表面，把自己的體重施加在上面。

結果氣球「啪」的一聲破掉了。對喔，我都忘了我的手上長著刺。

要掉下去了。還沒從蛋裡孵出來的龍寶寶，也跟著我往下掉。

我沒辦法眨眼睛，就這樣一直看著破掉的氣球，和龍寶寶從蛋殼洞裡看過來的藍眼睛。

我的眼睛，也沒有眼瞼。』

「刻萊諾，妳說怎麼了？」

烏拉拉的聲音傳了過來，她咚咚咚的跑向座位區，推開一片鎧甲窗板，讓大家看見外面的景色。本莉露放下書本，靠過來看向窗外，露子也把頭抬了起來。

「是龍。」

有好幾隻身形細長的龍在刻萊諾的身邊飛來飛去，看起來像在嬉戲。牠們身上覆蓋著桃紅色鱗片，翅膀和刻萊諾的魚鰭一樣透明。這幾隻沒有手腳的龍輕巧的飛著，就像是在空氣中滑行。

「那些龍很可愛啊。刻萊諾，妳不用慌張。」

烏拉拉這麼告訴刻萊諾。牢牢盯著那些龍的本莉露，略微壓低聲音說：

「這裡不是裂縫世界。」

烏拉拉聽了，不禁睜圓眼睛。

「妳的意思是這裡是王國嗎？」

本莉露點點頭。

露子的胸口和雙手，被好幾百條看不見的絲線牽動著。她緊緊握住墨水

筆，忍住那股奇特的感覺。浮島先生提到的天龍，真的是那種顏色嗎？他只說過那種龍沒有四肢，一輩子都生活在空中。寫出鱗片顏色和翅膀模樣的，其實是露子。

露子寫下來的內容……成真了。

「夢之力」必須在丟丟森林或是能讓願望通過的大隧道，這些和人類的夢深切相關的地方，才能發揮作用。所以說，應該不是因為露子想像出龍的樣子，才使龍變成那副模樣才對……

『氣球破掉後，我咚的一聲掉到醫院病床上。

一停止想像，我身上的尖刺就不見了。

我全身上下因為汗水溼成一片，就像是剛做了一場惡夢。現在還是三更半夜，不能發出太大的聲響，否則會吵醒隔壁病床的孩子——

直到這時我才注意到，隔壁的病床已經空了。那個人白天明明還在啊，他和我一樣做了好多檢查，還打了點滴……

一直陪在我身旁的媽媽，注意到我看著隔壁的病床，便把手掌放到我的額頭上。她露出擔心我有沒有發燒的樣子，其實是為了不讓我繼續看那張床。

「都已經那麼努力了……」

媽媽擠出微弱的聲音這麼說。

這時，我有種眼瞼真的被切掉的感覺。

即使我身上的刺隨著想像消失了，但是沒有眼瞼這一點並沒有改變。

我所處的這個身體並不屬於我，隔壁床的那個孩子也是如此。我和那個孩子擁有的時間，被某種比我們強大有力的雙親還有醫生都沒辦法馴服的東西掌握著。』

露子差點忘了呼吸。這種事情不過只是自己的想像，她和莎拉不同，幾乎沒有生過病，也不了解生重病是什麼情況。這是屬於浮島先生的故事，不是露子這種外人有資格隨便亂寫的。

即使如此，她的手仍然停不下來。

要是她不繼續寫，似乎就會沒辦法呼吸——

『我被換到只有一張床的病房。從換房間的那天開始，我更常幻想王國的事情。

在我的王國裡，有一片非常明亮的海，海裡有許多海龜在游泳。我的海裡有兩隻大得不得了的鯨魚，一隻是白色，另一隻是黑色。這兩隻鯨魚總是追著彼此游泳，所以海浪才會一直起起伏伏。要是牠們打算超過對方，或是往反方向游，王國將會在一眨眼間崩壞。

白色鯨魚和黑色鯨魚都有善良的心，牠們時時刻刻留意著自己的游法，絕對不會出差錯，因此王國才得以維持下去。

我坐在海龜的背上，欣賞那兩隻鯨魚互相追逐。

欣賞到一半時，一隻背上有棟石頭小屋的海龜和我們擦身而過。』

「古書先生的店，應該就在那片海洋的某處，可憐的漂流著吧。」

烏拉拉從窗戶俯視外面的景致，並且自言自語。刻萊諾現在游的地方不是風脈，而是能看見外面景色的普通空氣。出現在她們正下方的，是色澤如同明亮果凍的大海。那隻載著「下雨的書店」的烏龜，說不定就在這片大海的某處游泳。

「哇，那是什麼……真叫人驚訝，是鯨魚啊。我一直以為那麼巨大的生物，只能在泥盆紀還是志留紀看到呢。」

露子在遠處聽著烏拉拉的自言自語。她的耳朵像是被塞住似的，聽得不是很清楚。然而，烏拉拉的一字一句都扎著她的耳膜。

說不定有什麼不得了的事情正在發生。

如果說，露子寫下的內容正在改變王國……

詭異的火花在露子的面前迸開，並且發出劈啪聲。即使如此，她也無法停下正在寫字的手，而且她絲毫沒有要停下來的念頭。

在串連起來的文字盡頭，有什麼東西在等待——這股強烈的預感驅使她不斷寫下去。

本莉露放下看到一半的書，移動到露子隔壁，專心看向窗外。露子任憑她的黑白條紋裙襬出現在視線的一隅，繼續忙碌的揮動筆桿。

『在紅色的岩地上，發熱氣體不斷噴發。

我相當生氣，氣我的身體不屬於自己，氣我的時間不屬於自己，氣我周遭的大人為了我而筋疲力竭。

身體又熱了起來。

我吸入太多這裡的氣體。

或許我沒有辦法長大成人。這麼一來，爸爸和媽媽會怎麼樣？好懊悔，我好想對他們再好一點，好想學會對他們說：「不要哭。」好想學會對醫生說：「我不要緊。」

可是我好害怕、好寂寞。明明身上都是刺，卻一點也不厲害；我的眼睛明明沒有眼瞼遮擋，卻看不到一絲光明。

我變成了巨人，就是那個在牢房裡的巨人。我是什麼時候從牢房裡出來的？跟不在王國的時候比起來，我的身體變大許多，可是我根本不是什麼厲害的巨人。

如果有青鳥在就好了，如果有明亮得能照亮天空的星星就好了。

我好想要有朋友。

但是，這個願望已經不可能實現了吧。我的身體吸入太多發熱氣體，即使是皮膚粗糙、身體硬梆梆，而且身上長滿尖刺的巨人，也會因為高燒讓活動身體變成一種痛苦。我就要像這樣，孤零零的不斷徘徊下去了。

我好想流眼淚，但是我的眼睛沒有眼瞼，所以一滴淚也流不出來。

有人在遙遠的另一端走著，是個穿得一身黑的大人。

我驚訝得不得了，那是長大後的我。我變成大人了嗎？那個人沒有看過來就逕自走掉了。等一等，請告訴我，我是不是戰勝病魔了？

等等，出現在那裡的我明明已經長大了，為什麼我仍然是全身長滿尖刺的巨人？等一等，不要把我忘掉……

我追不上那個人，長大後的我，遺忘了長成醜陋巨人姿態的我，獨自離開了……

去能看到星星的地方吧，至少要在看得見星星發光的地方……』

（流星之丘……）

浮島先生曾經說過，那是整個王國景色最優美的地方，得帶巨人到那裡才行……

二十二　巨人與青鳥

墨水的顏色不知道在什麼時候改變了。先前它還是有如滾燙熔岩般的赤黑色，現在卻轉變為涓涓細流的水藍色。露子的心臟撲通、撲通的打著不安的節奏，搞不好她已經做出了無法挽回的事情。

即使如此，露子依舊視周遭的一切如無物，專注於手中的筆和筆記本，繼續寫下去。就像是有人在她的心裡不斷敲打鋼琴的琴鍵，又彷彿某個露子以外的存在，以露子無法抵抗的力量驅使她行動……

『好像有誰在那一帶播下了種子，地面正在蠢蠢欲動。

變成巨人的我，有半個身體是由樹木構成，所以在地面蠕動的東西，也開始鑽進我的身體。

我的手臂被往前拉，手指上長出了根。我的手就這樣鑽進地面，接著另一隻手也跟著鑽了進去。

我的腳想要往前走，我想去能看到星星的地方。

我的腳底和大腿也開始伸出根來。地面正細微的蠕動著，不知道是誰播下的種子，就快要甦醒了。

雖然我的身體被固定在地面上，卻沒有打消往前走的念頭。我使出吃奶的力氣，從喉嚨發出打雷般的聲響。』

轟隆——遠方似乎真的傳來了低沉的雷鳴。刻萊諾是什麼大風大浪都見識過的飛行魚，所以區區一聲雷響應該嚇不倒她才對。

然而……

「刻萊諾，冷靜下來！」

刻萊諾發出劇烈的顫抖，烏拉拉趕緊撫摸座位讓她鎮靜下來。

「刻萊諾，妳自己改變了路線嗎？我們回到鳥國的上空了。」

烏拉拉確認窗外的景物後，說話聲變得很嚴肅，神情也多了幾分緊繃。

「妳看下面。」

本莉露指向窗外。烏拉拉一邊和自己礙事的大鳥喙折騰，一邊看向外面。

底下的景象讓她大為震驚。

「到底發生了什麼事？」

「那是巨人。巨人的身體融化後，覆蓋了地面。」

本莉露將發生在她們正下方，令人難以接受的事態如實描述出來。

『我的身體被牢牢固定在地面，再也沒有辦法動彈。

天上亮起了好多星星，而且還有好多流星像下雨一樣，接連不斷的掉落。

流星之丘……會不會就是這裡？

如果這個巨大的身軀能站起來，頭頂說不定能碰到星星，但是現在的我只能雙手雙腳貼伏在地上。我這個全身上下都是尖刺，又像岩石又像樹木的身體，已經融化成地面。

原來如此——這時我意識到，自己變成了流星之丘。

我這個巨人變成了流星之丘，仰望著整個王國裡最美麗的流星群。

接下來有好長一段時間，我一直仰望著星星。我的眼睛沒有眼瞼，所以能夠想看多久就看多久。

剛才那個變成大人的我，難道只是個影子嗎？不知道他要走去哪裡？肯定是連我都拋棄我自己了吧。這一切變得怎樣都無所謂了，我沒辦法離開這個地方，我可以永遠在這裡看星星了……

忽然間，在數不清的星星中，有一顆星星發出了耀眼的亮光。

「喂！你在那種地方做什麼啊？」

那顆星星一邊說話一邊朝我飛過來，它說著人類的話語卻不是人類。

——我已經等待好久了，那就是青鳥。』

不知道從什麼時候開始，筆記本上羅列出藍色的文字。這些文字展現出前所未有的高昂興致。

露子深吸一口氣，然後把墨水筆扔到筆記本上。墨水筆一離開露子的手，立刻變得透明。

她從座位起身，連滾帶爬的奔向刻萊諾的鎧甲窗板。由於她長時間一動也不動的寫字，整個身體變得很僵硬，所以整個人栽到了地上。烏拉拉睜大眼睛看著露子，不曉得發生了什麼事。本莉露無視狀況外的烏拉拉，迅速打開窗板，把手伸到外面。

「抓到了。」

刻萊諾體內的氣流瞬間變得紊亂。烏拉拉確認本莉露把身體縮回來之後，才關上窗板。

「妳們怎麼突然做這些事？發生了什麼事？」

剛才發生的一切讓烏拉拉仍然處於驚訝之中。本莉露的手裡多了一隻動個不停的琉璃色小鳥，而且這隻小鳥的額頭上有一個白色星星。

「喂！放開我啦！」

小鳥大聲抗議後，隨即變成一個男孩——也就是星丸的模樣。他一變成人類，本莉露的手掌就再也抓不住他了。星丸「呼」的喘了一口氣，光腳踩在地上。

「星丸！」

露子踉踉蹌蹌的跑向星丸。不過她滑了一跤，整個人直接撲了上去，跟星丸的額頭撞到一起。兩個人一屁股跌坐在地，用力按著撞到的地方。

「好痛好痛好痛——露子，妳在做什麼啦！」

星丸痛得眼角冒出淚水，露子也同樣被撞得眼冒金星、眼角泛淚。因疼痛而起的眼淚衝破內心的堤防，撲簌簌的宣洩而出。露子就這麼仰著頭開始啼哭，淚水源源不絕的湧出來。星丸、本莉露和烏拉拉全都愣住了，只能呆呆的看著她。

「星、星丸……你到底跑去哪裡了？」

星丸見露子像莎拉一樣哭得稀哩嘩啦，不由得驚慌起來。不過他還是鼓起臉頰，把手放到腰上。

「這還用說嗎？當然是去找『黑影男』啊。」

這理直氣壯的回答，讓露子差點暈過去。儘管星丸噘起嘴巴，露出有點過意不去的樣子，但他還是明確的繼續說：

「誰叫舞舞子那麼生氣。我把她氣成那樣，要是還找不到自己尋找的東西，那豈不是很丟臉嗎？而且舞舞子也很過分耶，她應該很清楚我一直在找需要我的人，要是找不到，我總有一天會被忘記，只能到丟丟森林過活耶。

結果……我不小心迷路跑到了精靈住的地方。我想說舞舞子生起氣來那麼恐怖，所以就在那裡拿了這個，看能不能讓她打起精神……不過這種東西她一定早就有了。」

星丸從口袋裡拿出黑莓形狀的耳飾，把它放到手心上。下一刻，本莉露冷不防的把它揮掉。

「我才不管需要你的人是誰，下次你要是再弄哭舞舞子，我就讓貘把你吃掉。」

如果本莉露還能使用魔法，她的辮子肯定早就豎了起來，而且上頭還會有靜電在流竄。雖然她看起來心不在焉，臉上卻帶有強烈的怒氣，那模樣讓星丸不由得縮了一下肩膀。

露子在臉上亂抹一把，擦掉遲遲停不下來的眼淚。

「快點，你得快點去找他。星丸，你趕快去，現在比任何人都需要你的人，就是那個巨人。」

露子像在睡夢中囈語一般，懇切的對星丸訴說。星丸則是訝異的看著她。

「巨人……？」

「就是夢到王國的那位叔叔的心。」

露子聽到本莉露的低喃，驚訝得抬起頭。本莉露稍微噘起嘴巴，向露子道歉。

「抱歉，我偷看了妳寫的東西，只是妳一點也沒有注意到。」

露子頓時說不出話來。

她深吸一口氣，試圖讓自己不再哭泣，然後站起身。然而，淚水不知道為什麼停不下來，繼續從她的臉頰滑落。

「星丸，我應該早點跟你說的。你不需要去尋找夢到你、需要你的人。所有的人都會夢到幸福、希望和朋友，不會有人忘記你。就算大家真的都忘了你，我也絕對不會忘記——你是不可能被關進丟丟森林的，打從一開始，你就絕對是也永遠是自由的。」

星丸那雙帶有冬季夜空色彩的眼睛，露出看到前所未見之物的眼神，凝視著露子。

「自由。」

在這之前，星丸老是把這兩個字掛在嘴上，但是現在，他再次小心翼翼的以新鮮的心情，用舌尖玩味這個詞彙。露子對他用力點頭。

轟隆——地鳴聲傳了過來，那是巨人的吶喊。刻萊諾的身體再度顫抖起來。

露子不顧留在座位上的筆記本和筆，從窗戶看出去。出現在她眼前的景象，和她寫的內容如出一轍。天上掛著數不清的星星，流星雨彷彿劃過天際的光箭；底下的地面長滿不忍卒睹的尖刺，並且像濃稠的液體般蠕動著。化為山丘的巨人，痛苦得翻滾身體。在距離他沒有多遠的地方，矗立著烏國的高塔。

「走吧，我們得去找巨人。」

露子看向星丸，對他這麼說。烏拉拉在一旁聽了，趕緊插話。

「停停停，先等一下。你們打算要去的地方，該不會是那個變得一塌糊塗的地面吧？」

本莉露不理會一臉不敢置信的烏拉拉，把剛才關上的窗板再次推開。星丸還沒完全弄清楚狀況，就被露子握住了手。露子不等他做好飛行的準備，便張開背上的蝙蝠翅膀。這時——

「——你們幾個，先等一下！」

隨著一聲吶喊，某個東西衝進飛行魚的體內，把露子他們撞得像骨牌一樣，一個接著一個倒下。

二十三　流星之丘

「古書先生？」

烏拉拉「嘿咻」一聲，把倒在自己身上的本莉露扶起來，同時訝異的問。

額頭撞到鎧甲窗板的角，因而痛得整個人蹲在地上的，正是應該坐鎮在「下雨的書店」的古書先生！

話說回來，他那副模樣是怎麼回事？古書先生對自己的短翅膀、粗壯的雙腿，以及適合坐著看書的渡渡鳥體型，可是抱持著非比尋常的驕傲。可是他現在背著由木架和布料做成的翅膀，而且那個翅膀和烏拉拉之前用的一模一樣。

「該不會是天要下紅雨了吧？古書先生，你以前說渡渡鳥會在空中飛，這種事簡直豈有此理呢！」

烏拉拉訝異的語氣中，帶有一絲藏不住的笑意。

古書先生氣喘吁吁的爬起身，然後和背上的滑翔翼展開一番苦戰，才總算把它卸了下來。

「那是古書先生自己做的嗎？哦……這可真是叫人大開眼界，你的滑翔翼設計得比我還好呢。」

烏拉拉專注的研究起古書先生的滑翔翼，古書先生則對她「哼」了一聲。

「見義不為，是為無勇！發生了這麼巨大的異變，我怎麼能繼續窩在書堆裡！」

露子和本莉露震驚得老半天說不出話。古書先生看了她們一眼，接著發現星丸的存在，於是朝他們笨重的走過去。

「你們幾個沒事吧？尤其是你！找到那個需要你的人了沒？那麼隨便的說出去就出去，想必是找到足以讓舞舞子接受的答案了吧？」

星丸稍微鼓起臉頰，瞪向古書先生。古書先生很乾脆的從他臉上移開視線，接著說下去。

「照照美傳了訊息給『下雨的書店』，舞舞子已經在前往鳥國的路上。照照美的博物館大概握有阻止王國氾濫的關鍵，還有——」

古書先生滿月形鏡片後方的眼睛一瞪，大家便跟著往他的視線方向看去，然後統統倒抽一口氣。刻萊諾體內的天花板上，黏著一塊洩了氣的巨大水母。

「鬼老弟！你要在那裡癱到什麼時候？前所未見的重大任務正在等著你呀！」

乾癟的鬼魂沿著牆壁滑落地面，這才總算變回原本的樣子站起來。不過，他又馬上愁眉苦臉的抱住頭。

「可是……我辦不到啦！我不是說了嗎？我、我現在什麼都寫不出來……」

鬼魂說得都快哭出來了，但是古書先生的嚴厲態度並沒有就此軟化。古書先生從掛在脖子上的大皮包裡，拿出一本厚實的皮革書。那就是從製書室那個特別的花蕾裡誕生的，內容一片空白的「下雨的書」。

「雲會飄移，水會流動，作家哪有可能永遠寫不出東西！你們聽好了，我查遍各式各樣的資料，但是完全沒有找到阻止王國氾濫的方法，因此我定出一個假說——若在這本書裡，將王國的故事一路寫到結局，氾濫也許就會停下來。」

露子「啊」了一聲。古書先生的假說，和她凝視刻萊諾的眼睛時，在心中乍現的想法完全相符。

古書先生的眼睛更加銳利的亮起。

「為了這個目的，我必須去查看王國的情況，所以才會和鬼老弟離開『下雨的書店』。鬼老弟，如果你算是一個作家，就趕快覺悟吧。現在只有『寫這條路，你應該寫得出來才對，我以『下雨的書店』的老闆身分保證！」

「可是……連你的資料裡也沒有提到那種方法耶，誰也不曉得那個方法是不是真的行得通啊……」

鬼魂遲遲無法下定決心，兩隻手在自己的臉頰上揉來揉去。

古書先生伸出他的短翅膀，用力揮了一下。

「現在是緊急情況，不需要什麼前例！」

露子從自己的座位上拿來筆記本，交給低垂著頭、全身不停扭動的鬼魂。

「這個……」

露子的手微微顫抖著，不過她的眼淚已經停了下來。

「我把王國的事寫了一半……雖然只是我自己的想像，所以不知道正不正確。這些也有可能只是我的誤解，不過我還是寫下了王國和巨人的事。現在，我和星丸要去巨人那裡，所以接下來的內容就交給靈感來寫，請你為浮島先生的故事寫下『劇終』。」

鬼魂的眼睛劇烈的閃爍起來。儘管他還沒開始看露子寫的內容，拿著筆記本的手卻已經開始顫抖。

「妳、妳寫了這麼多嗎……？」

鬼魂那像是塑膠袋的身體表面，掀起小小的起伏。他如同捧著這個世界上最為珍貴，而且最容易破碎的寶物一般，把露子的筆記本摟進自己的懷裡。

在一旁看著的星丸，把噘起的嘴脣拉回一條線，並且毅然決然的抬起頭。

「古書先生，我大致懂了。」

他用比平時多幾分成熟的聲音說。

「不論是看書還是寫書，都是賭上生命的大冒險，就和真正的冒險沒什麼兩樣。我並不是只想玩冒險家家酒，家家酒般的冒險根本不叫作冒險。」

星丸赤著腳，走向敞開的鎧甲窗板。

他把半個身體探出窗外，望向底下那個化為不斷蠕動的土壤，不停痛苦哀號的巨人。從側面看過去，星丸認真凜然的神情像極了一個男孩，露子從沒見過這樣的他。

「我不知道需要自己的人長什麼模樣，也不知道他的名字，不過我還是想幫他消除寂寞。」

星丸的話語，字字句句都鏗鏘有力，確實的刻劃在自己和所有人的心中。

接著，星丸維持收起翅膀的狀態，在轉眼之間縱身躍向空中。

「我懂了，這就是屬於我真正的冒險！」

他在落下的途中，發出勝券在握的吶喊。一路延伸到遠方的地平線，滿是尖刺的地面就在下方等待著他。

「星丸，等一下！得先找出巨人的臉——」

露子張開蝙蝠翅膀，追上星丸。刻萊諾把胸鰭稍微伸向露子，但她只是輕撫露子的腿，並沒有加以制止。

巨人的軀體在地表不斷蠕動，連空氣都跟著嚴重扭曲。沒有多久，露子便不得不停止飛行。巨人的臉早已不存在任何地方，先一步掉下去的星丸，被化為黏稠沼澤的巨人身體吞噬，那藍色的蹤影消失得無影無蹤。

吞沒星丸的狂暴浪潮痛苦的翻騰，掀起一陣陣的波濤。露子收起蝙蝠翅膀，跟著躍入其中。

首先向露子襲來的是劇烈的沙暴。細碎的沙粒從四面八方猛力拍打，她也不曉得自己到底有沒有受傷。接著，她的身體被泥巴拖住，逐漸陷入黏稠且帶有微微暖意的液體中。就連她也分不出究竟是身體往下沉，還是她自己在往下潛。

此刻的她，甚至沒有餘力思考自己是不是還能呼吸。

就這樣，露子不斷被帶往泥巴深處。她本來以為裡面會是一片漆黑，但她很快就注意到，有無數道光線穿過自己的身體。

（對喔，巨人沒有眼瞼，而且這裡是流星之丘。）

露子的聲音如此思考。明明是自己的思緒，聽起來卻離自己好遠好遠。在融化於大地的巨人體內，在黏糊糊的粒子裡，似乎連露子的身體也變得支離破碎，散布到四面八方。她想到的事情在大老遠發出聲音，內心則在遙遠後方的某處為此驚訝。

接著，沒有眼瞼的巨人看見的景色，也在露子的意識裡眩目的展現出來。

那是由數不清的星星匯聚而成，能夠實現願望的流星群。成群的星光帶著全宇宙的呼吸，拖著軌跡劃落消失，沒有一點不捨。那就是浮島先生在童年許下願望的星星。那些光芒比任何願望都閃耀，同時也更脆弱的劃落消失⋯⋯

巨人在發熱。跟大地混合的體內，各處都在痛苦的哀號著。

（不過，你已經不用再受苦了。）

露子的聲音又在遠處思考了。

（因為，我已經來了。）

這是誰的聲音？聽起來像是在遠處回響，又像是在耳邊吶喊，而且還和露子的聲音交雜在一起。不過這個聲音很快便產生明顯的輪廓，變成露子的某個朋友，聲音高亢的響徹四周。

（因為幸福的青鳥、希望之星，同時也是冒險家的我來了！）

嗶啾！琉璃色小鳥不知何時已經從泥土裡掙脫，在山丘上鳴叫。露子透過巨人的視線，看見琉璃色小鳥振翅飛翔，鼓勵著某個正辛苦爬上滿是尖刺、不斷蠕動山丘的人。

在星丸的呼喚下，浮島先生好不容易爬上了山丘。

巨人的心臟和露子的心臟同時掀起一陣波瀾。

（你來了嗎……？）

在遠方同時也在自己耳邊作響的，不但是露子的聲音，也是沒有長大的浮島先生——也就是巨人的聲音。

一塊地面隆起，變成彷彿隨時都會碎裂的人形。這個同樣滿身尖刺，兩隻眼睛沒有眼瞼，比原本體型縮小許多的巨人，低頭看向浮島先生。

長大後變高許多，能靠自己站立行走，不再需要打點滴的浮島先生，也抬頭看向巨人。

「對不起，我忘了你，而且一直把你關著……我已經沒事了，我戰勝了病魔，順利長大成人。不過那個時候真的很恐怖，有好長一段時間我一直很害怕、很痛苦。當時是你在身旁陪伴我、支持我。你為小時候的我承擔了所有痛苦，真的很謝謝你。多虧有你，我才能夠活下來長大成人。和小時候比起來，身為大人的我變得自由了一些。」

巨人發出撼動空氣的吶喊。那巨大的聲響產生搖晃，使露子在巨人體內分離的意識和身體被震得東倒西歪。她用潛藏在某個遙遠地方的意識，朦朦朧朧的想著：自己會不會就這樣消失在巨人的體內？

突然間，琉璃色的翅膀一閃而過，朝著巨人的嘴巴衝進去。巨人把星丸吞下肚後，身體開始瓦解成泥土的一部分。接著，山丘大大的擺盪了一下。

在露子快要分崩離析的意識中，響起既高亢又淘氣的聲音。

（露子，妳在做什麼啊？身為冒險家，可不會老待在那種地方不動喔。）

星丸話一說完，上升的力量便開始發揮作用。那是一種來自大地底部，以

有光、有空氣的世界作為目標的力量。

在瓦解的巨人體內，極為細小的顆粒開始顫動，接著破裂成更微小的氣泡。這些氣泡逐漸連接在一起，形成巨人身體絕對容納不下的波浪，並且向外飛濺。

露子感覺自己下落不明的身體，快速聚集到各自應該存在的地方，構築回原本的形體。接著，她發現自己在明亮的泥土中漂浮。「明亮的泥土」是她唯一能想到的描述方式。露子能夠張開眼睛看向四面八方，不過她並不是身處在空氣中。雖然身體輕輕的擺盪著，但是這裡不是水中，而是位於土地之下、泥土之中，在此刻因為滿滿的新力量而動盪不已的大地中央。

星丸伸手抓住露子的手。露子轉過頭，看見喜歡惡作劇的星丸，就在自己身旁笑著。露子見他跟自己一樣，額頭上腫起一個包，便忍不住跟著笑了起來。

包覆著露子和星丸的大地，有數不清的種子即將發芽。這裡的種子，就和露子透過巨人眼睛看見的星星一樣多。

周圍非常明亮，露子的視覺也正常運作，但她就是看不出這裡到底是藍色、白色，還是灰色。她的眼前不存在任何色彩，明亮的感覺也不是來自光線，而是噴湧而出的旺盛生命力。

來自地底的力量，將種子和牽著手的露子和星丸往上推。無法用耳朵聽見的音樂，在他們的身體裡產生無數氣泡。在滿溢出歡愉之情的泥土中，遵循古老規矩做好覺悟的眾多種子開始發芽。

這些幼苗的動作整齊劃一，如同經過精密又帶有純真之心的計算，發出一片喧騰。不過，它們絕對不會爭先恐後。這片綠意響徹八方，不論再巨大的雷聲都比不上。

下一刻——

露子和星丸已經站立在地面。

此刻，天空正下著雨。

從地底下滿溢而出的力量持續往上延伸，它們互相交纏並且生根挺立，過不了多久，眼前便成為一片樹枝繁密、長出上億片茂盛葉子的森林。

輕柔的雨水沾溼枝葉，沾溼根幹，也沾溼泥土和苔蘚。

「是森林耶……太猛了。」

繁密的樹枝交疊的層數多到數也數不清，挺拔的參天樹幹彷彿活過來的神靈。西瓜色藤蔓旺盛的捆住比好幾條大象腿還粗的樹幹，蕨類植物從高處的樹枝上冒出來，雨滴在厚實的葉片上叮叮咚咚的敲打著……

露子和星丸抬頭仰望這一切，牽著的手遲遲沒有放開。看著看著，突然有上百、上千條銀色蜘蛛絲從樹林上方垂吊而下，這些細絲上，都沾著大得不可思議的水滴。一顆顆的水滴裡，都有什麼東西在活動著。

正當他們想仔細看是什麼東西在動時，熟悉的叫喚聲傳了過來。

「你們兩個，怎麼額頭上又撞出腫包了！」

二十四　雨中森林

「舞舞子！」

舞舞子顧不得裙襬會被弄髒，朝露子她們跑過來。照照美拄著拐杖，在她姊姊的協助下，越過如岩石般隆起的樹根。

「姊姊！」

莎拉獨自一人撐著羽毛傘，從空中飛向這片被綠色淹沒的森林。她帶著甜甜的桃子香，整個人撲進露子的懷裡。

「這是什麼地方？」

露子踉蹌了一下，差點跌坐到地面。莎拉聽到她的問題，訝異的睜大眼睛抬起頭。

「姊姊，妳應該知道吧？妳跟星丸不就是從這裡出現的嗎？」

聽到莎拉這麼說，露子的眼睛睜得比她還大。

「這裡是我的博物館，叫作『雨中森林』。」

照照美這時才總算走到兩人身旁。她露出微笑回答，並且指向無數條銀絲上的一顆水滴。

露子凝視著水滴，動了動嘴脣似乎在低喃些什麼，但是她的低喃沒有發出聲音。

水滴裡有魚在游泳。那是出沒在珊瑚礁海域，有紅色和白色條紋的小魚。包覆著小魚的水滴受重力吸引而落下，逐漸沉進森林的地面。

再看向另一顆水滴，裡面是長在枯葉上，開著圓形小傘的棕色香菇。那顆水滴也沿著銀色的絲線滑落，接著被吸入地面。

露子抬頭不停轉向四面八方，用視線緊盯著在森林裡落下的雨滴。但是不管她再怎麼努力看，也根本看不完。

在這些雨滴裡，能看到蘭花螳螂在偽裝，草莓色的青蛙在搬蛋，秧雞在行走，鬼蝠魟在游泳，長頸鹿在熱帶草原上第一個醒來，郊狼在岩石上長號，樹木被做成樂器，酢漿草開出花，鹵化物礦物變成結晶，矽藻類透明的身體動來動去，青鳳蝶蛹的背部裂開，雪片以所有可能的技法化為冰晶，遙遠銀河裡的星星發生爆炸，禿鷹在空中盤旋尋找獵物，一群大象在幫忙同伴產下寶寶——

每一顆雨滴都包覆著不容錯過的瞬間，隨後任憑大地的牽引落到地面，最後滲入泥土。

「這就是……博物館。」

露子看得渾然忘我。照照美帶著肩上的麥哲倫，站到她身旁。

「沒錯，這裡是我的『雨中森林』。森林在泥土裡生根，積蓄雨水，聆聽四面八方的風，並且寄宿著各種生物。森林本身會生長，結出種子，枯朽，接著再次誕生，所以是一座不斷循環的博物館。幫忙播下種子的是莎拉，還有鳥國的鳥人。另外，姊姊也有幫忙把雨水送過來。」

照照美愉快的轉頭看向舞舞子，舞舞子只是無奈的聳了一下肩膀。

「我不過是協助灑水而已。最重要的翻土工作，可是露子幫的忙。」

露子聽到自己突然被點名，不禁眨了眨眼睛。

「我嗎？可是我根本沒有幫忙博物館的事啊。」

舞舞子搖了搖頭，圍繞在鬈髮周圍的珍珠顆粒也隨之晃動。

「不對，因為妳寫的故事引導了巨人，這片森林才會出現。」

隨著珍珠顆粒的晃動，照照美帽子上的蝴蝶也擺動起珍珠色的翅膀。

「姊姊說得沒錯。妳看，大概是因為土質好，即使土地不乾燥，像亞狄麒麟這麼罕見的植物，也照樣長得相當茁壯。」

順著照照美手指的方向看過去，有棵如岩石般粗糙、帶著幾許青藍的植物，從隆起的樹根之間長了出來，而且長得比露子他們還要高。這棵植物的身上沒有尖刺，但還是和那個巨人有幾分神似。

「妳們怎麼知道我寫了那個故事？」

面對露子的疑問，舞舞子、照照美和莎拉互相看了看彼此，然後輕輕一笑。

「我們是從浮島先生那裡聽來的。他告訴我們，妳完成了這件大事。」

「叔叔他啊，一直在稱讚姊姊很厲害喔。」

莎拉開心得不得了，露子聽了則是慌張起來。

「等、等一下。博物館……對了，莎拉的蝸牛在哪裡？」

既然這裡就是博物館，那應該能找到莎拉的蝸牛。莎拉沒有直接回答，而是把之前買的漏鐘放到手心上。

「妳看。」

上半部的玻璃盅空空如也，但是下半部的玻璃盅裡，捲成螺旋狀的礦石卻不斷改變顏色。現在，礦石正逐漸轉為淺桃紅色，宛如莎拉身上的果樹園香氣。漏鐘的玻璃盅像蟲卵般輕輕裂開，只剩下裡頭的東西留在莎拉的手掌心。

就這樣，莎拉的桃紅色貝殼蝸牛回來了。

「人家一直很努力的等姊姊你們冒險回來喔。」

莎拉等待露子的時間，被作為新的時間萃取出來。這是為了再次前往「下雨的書店」，以及裂縫世界所需要的時間。

這時，麥哲倫忽然從照照美的身上跳下來，爬上了露子的肩膀，吸引她把頭轉過去。一大顆雨滴落到眼前，露子趕緊伸手接住。如同博物館的其他展示品，這顆雨滴包覆的是露子的運動鞋。雨水從露子的掌間流逝，運動鞋就這樣回到她的手中。

「舞舞子。」

一直緊閉著嘴不說話的星丸，聳了聳肩膀，難為情的低頭踏出腳步，來到舞舞子的面前。

「我回來了。」

星丸猶豫的抬頭看向舞舞子。舞舞子用和往常一模一樣的態度，輕飄飄的晃著鬈髮對他說：

「歡迎回來。」

露子直到這時才發現，之前和巨人融為一體感受到的痛苦已經澈底消退。她感覺巨人就在自己的腳底下，化成撐起這片森林的地面。巨人再也不會有一絲寂寞，因為有人翻動泥土、播下種子、灌溉雨水——而且，還有星星來造訪。

星丸完成了他的冒險。

麥哲倫在露子的肩上發出「嘰」的一聲，提醒他們前方有位穿著全黑上衣的男子，一邊入神的看著水滴一邊朝他們走了過來。那個人是浮島先生，他走到露子的面前，對她伸出右手。

「謝謝妳為我寫下故事，為我想像出王國，並且拯救被我遺忘多年，一直關在地底牢房的巨人。那個巨人似乎非常幸福。」

露子聽了，眼中再度泛起淚水。她不禁嚇了一跳。現在明明是在莎拉面前，淚水卻湧了出來，聲音也開始哽咽。露子脹紅著臉，同樣對浮島先生伸出手。就這樣，兩人堅定的握了握手。

「我在妳這個年紀的時候，曾想過要成為小提琴家，雖然當時的我連能不能活到成為大人都不知道。結果我遲遲沒有實現願望，就這樣變成了大人……不過妳為我寫下了故事，為巨人使用了自己的夢想。我很感謝妳。」

浮島先生說完，向還只是個小女孩的露子深深一鞠躬，並且維持了好長一段時間。

過了好久，浮島先生才終於看向舞舞子和照照美，鄭重的開口。

「我原本很迷惘自己接下來要怎麼辦，我從小時候開始就一直生重病，總覺得自己是不是要死了，結果卻多活了好久。我明明沒有希望成為大人，最後卻活了下來……就在那個時候，我照著這兩個孩子的作法，來到了這個世界。這裡讓我既懷念又愉快，但也讓我更加迷惘。不過……」

說到這裡，他再度抬頭望向這片寄宿著萬物的雨中森林。

「當我走在這片森林裡的時候，我的迷惘消失了。」

照照美輕輕晃動帽子上的蝴蝶，點了一下頭。

「沒錯，這就是博物館的用途。它能幫助我們了解世界的模樣，並且思考自己要在那樣的世界裡如何過活。博物館就如同路標，以這點而言，或許和書很類似吧。」

在照照美和舞舞子之間落下的雨滴裡，有個漩渦很壯觀的鸚鵡螺在游泳……不對，也有可能是菊石。舞舞子接續妹妹的話說下去。

「歡迎你也來一趟『下雨的書店』，我們會備齊好書等待你光臨。」

就在浮島先生要點頭的那一刻——

「喂——」

鬼魂在樹幹間穿梭，朝著這裡飛過來。他青白色的眼睛發亮到刺眼的程

度，柔軟有彈性的手上沾滿了墨水。

「我問一下喔，誰的身上有筆？就算是鉛筆或蠟筆也行。我需要能寫字的東西，我、我、我現在不寫不行！」

鬼魂全身顫抖個不停。露子把手伸進口袋，打算把隨心所欲墨水筆拿給他，這才發現筆不在身上。原來她把筆和筆記本一起留在刻萊諾的座位上了。

「靈感鬼哥哥，七寶屋老闆沒有來嗎？」

莎拉一問，鬼魂才「啊──」的高聲哀號。

「是啊，真是夠了！他和古書先生去看鳥國的書庫，然後就拋下我了！本莉露也很過分喔，她只顧著埋頭看書，完全聽不見我對她說話。那麼，我要走了！」

「進書庫之前，別忘了先把沙子拍掉！」

莎拉對鬼魂的背影高聲提醒。鬼魂一邊高速衝刺，一邊旋轉水母狀的皺褶表示他聽到了。

露子一群人誰也沒有開口，默默的再次仰望博物館，欣賞由雨的記憶連結天與地，展現出所有故事的剎那。

他們就這樣不發一語的看著，直到要回「下雨的書店」的時刻來臨。

二十五　圓滿大結局之後……

透過飛行魚的窗戶看出去，底下的廣大森林變得愈來愈小。本來像是大型馬戲團帳篷的蓊鬱樹冠逐漸收縮，折疊，再折疊……最後，變回和沙粒沒什麼兩樣的種子，再也看不見。

圍繞在鳥國周圍，像極了砂糖的白色沙漠，在原本是森林的地方平緩的起起伏伏。往綠洲和果樹園看去，已經看不到任何綠色的蹤跡，長著尖刺的山丘也崩解成砂糖色的沙，化為高低起伏的一部分。

「博物館已經消失了嗎？」

莎拉一臉不捨的把額頭貼在窗戶上。

「對。將來如果又有需要它的時候，它就會再度出現吧。」

照照美沒有什麼眷戀，只稍微看了一眼自己工作後留下的痕跡，就好像那些景物是自己冒出來的。完全進入放鬆狀態的麥哲倫，用金色的尾巴圍著她的頸部。

「王國的氾濫已經停止。照照美的博物館阻止了失控的巨人，並且引導它變成正確的姿態。巨人藉由變成博物館，轉化成不同的姿態，使自己的心平復下來。」

古書先生沉重的說。

「這樣啊。也就是說，新的『下雨的書』之所以會一片空白，是因為王國的另一個姿態，也就是巨人被遺忘了嗎？」

七寶屋老闆重重點頭，並且拿著飄出蓮花香的菸管，緩緩的吞雲吐霧。

「說是這麼說，但王國本身並沒有消失，而是在裂縫世界的各處找到新的裂縫，將自己容納進去。這可是有渡渡鳥公會出手，才辦得到喔。」

烏拉拉把手叉在腰上，眼睛骨碌碌的轉個不停。完成一件重大任務的滿足感，讓她的雙眼閃閃發光。

在比鳥國高聳建築頂端更高的上空，撐著天傘的鳥公主揮動著小小的翅膀。她那玩具笛般的嗓音，確實傳到了露子一行人的耳裡。

「只要鳥國持續存在，我們就會將這次的偉業世世代代流傳下去——各位，後會有期！」

莎拉也隔著飛行魚的窗戶，向鳥公主道別。

「鳥公主，妳要保重喔！」

刻萊諾開始大幅上升。鳥公主嬌小的身影，以及鳥國的高塔，離他們愈來愈遠。

「好啦，差不多要進入風脈了。大家都坐好了嗎？」

烏拉拉大聲宣布。

接下來，刻萊諾將載著露子、莎拉、本莉露、星丸、古書先生、舞舞子、鬼魂、照照美、浮島先生和七寶屋老闆，前往「下雨的書店」。

窗外很快便轉為風在奔流的景色，那景色搞不好還會讓人誤以為是翡翠色的清流。烏拉拉一邊比較自己和古書先生做的滑翔翼，一邊針對翅膀的角度和骨架構造認真寫筆記。過了一會兒，她猛然抬起頭，興致勃勃的開口。

「古書先生，你要不要陪我試飛一下？我想參考你的成品，調整自己的滑翔翼。」

不過，一屁股坐在座位上，用翅膀拿著書的古書先生，只是把厚厚的鳥喙撇到一旁。

「哼！我是因為事態緊急，才會做出那種東西。靠自己飛行這種輕率的舉動，我是一輩子都不會做的！妳喜歡那個破玩意的話，就拿去用吧。」

烏拉拉一副受夠了古書先生的模樣，對他翻了個白眼。

「你在開玩笑對吧？設計出這麼棒的翅膀卻不拿來飛！不向新事物挑戰未免太可惜了。唔……有句話叫做什麼來著？對啦對啦，若按照古書先生的個性，這種時候要說『老當益壯』。對吧？」

舞舞子用指尖抵住嘴唇，努力忍耐不要笑出來，古書先生則是「啪」的闔起手中的小書。他滿月形鏡片下的眼角吊起，全身的羽毛也豎了起來。

「說什麼蠢話！我是書店的老闆，在天空啪噠啪噠的飛行根本不是我該做的事！在把所有迷路的故事做成好書，排到書櫃上之前，我可容不得自己說老！」

古書先生說完，氣呼呼的打開書本繼續閱讀。本莉露雙膝跪在他旁邊的座位，把整張臉埋在厚厚的書頁中。這兩個人相似的程度，說不定不亞於莎拉和鳥公主。

鬼魂揮舞著他在七寶屋買的不死鳥羽毛筆（不管再怎麼寫，墨水都不會用完），一個勁兒的在稿紙上飛速書寫。現在的他和先前大不相同，想寫的東西源源不絕湧出，沒有多久，稿紙就快不夠用了。七寶屋老闆悠哉的吸著菸管，然後吐出變成花呀、鳥呀、月亮等形狀的煙霧。浮島先生坐在座位上一動也不動，默默望著窗外。

「欸，人家也想跟刻萊諾一起飛。」

莎拉舉起羽毛傘，跳下座位。

「好啊！古書先生，你的滑翔翼我真的收下囉。來，莎拉，我們走。露子，妳要一起去嗎？」

烏拉拉喜孜孜的背起古書先生的滑翔翼。露子的腦袋和身體都經歷過一場大冒險，還沒有調適過來，所以她比較想坐著休息，不過——

「露子，我們走嘛！」

既然星丸已經在拉她的手了，她也只好跟著一起去。

大家打開鎧甲窗板，躍到外面。刻萊諾的大眼睛親切的看著他們。當露子看見自己的身影映照在刻萊諾光滑的眼睛裡時，她瞬間有種自己也被雨中森林的雨滴包覆起來的感覺。

那種心情，就像是自己化成一滴寄宿著這個世界記憶的雨。

「下雨的書店」已經不再被海龜背在身上。結束乘著風脈的旅程，回到飛行魚體內的露子他們，一打開鎧甲窗板，製書室便出現在眼前。

身形巨大的刻萊諾進不了「下雨的書店」，所以她在所有人離開體內後，就溶進牆壁裡消失得無影無蹤。她大概是打算待在外面，直到烏拉拉和大家喝完下午茶。

新的故事種子從丟丟森林流進製書室，受到滴滴答答的雨水孕育。他們的頭上明明有天花板，卻不斷有雨水滴下來，這一點似乎讓浮島先生相當驚訝。

「對了，這段期間是誰在看店？書芊和書蓓嗎？」

大家排成一列前進。在穿過通往書店的青苔走廊時，露子詢問走在她前面的舞舞子。舞舞子帶著微微發光的珍珠顆粒，回頭告訴她。

「不是，她們兩個都嚇壞了，實在沒辦法幫忙顧店，所以——」

在舞舞子說完之前，走在最前面的古書先生便打開了木門。星丸一看到店裡的人，立刻變成小鳥飛過去。

「是電電丸耶！聽我說，我剛從一場很不得了的冒險回來喔。途中出現了一個巨人，然後我還從飛行魚身上往下跳……」

坐在香菇椅上的電電丸穿著灰色和服，頭髮在後腦杓綁成一束，並且把穿著木屐的一條腿盤在另一條腿上。他把粗眉毛彎成八字形，搔搔頭說：

「唉，真是夠了。我也有雨童的工作要做，不可能一直在這裡顧店欸。這兩個小傢伙被留下來，也真是可憐。」

書芊和書蓓從電電丸的懷裡探出頭，身體還不斷的發抖。不過她們一見到舞舞子，便立刻飛了出來，分別攀住她左右兩邊的耳朵。舞舞子的耳垂上，多了一對新的黑莓耳飾。

「電電丸，好久不見了！」

照照美晃了一下帽子上的蝴蝶。

書店裡的沙漠桃色澤飽滿，而且披著薄薄的茸毛。果實散發的新鮮芳香，充滿了整間店。

電電丸見舞舞子等人沒有一點不好意思，不禁嘆了一口氣，用手指戳一戳停在他身上的星丸。

「弟弟，這可不是鬧著玩的。你以後得小心點，否則會被露子和莎拉使喚來使喚去喔。」

星丸發出「啾」的叫聲，把頭歪向一邊。露子和莎拉則是睜大眼睛，面面相覷。

兩個精靈黏著舞舞子嬉戲，讓舞舞子一副很癢的樣子。她摸摸書芊和書蓓小小的頭頂安撫她們。

「好了，大家來喝茶吧。今天需要一張特別大的桌子，這是第一次有這麼多人來喝下午茶呢。」

在結出豐滿圓潤果實的桃樹下，一朵白色的香菇桌逐漸長了出來，並且開出平坦的菇傘。淋過雨的桃子不斷散發出香甜的氣息。

「來，浮島先生也一起入座吧。」

在舞舞子的招呼下，浮島先生猶豫的踏過草地走了過來。他看著放在書櫃上和垂掛在天花板上的各種模型，以及壯觀的桃樹，唯獨就是不在香菇椅坐下。

「妳們一直都是從市立圖書館來這間書店啊。」

露子抬頭看向浮島先生，委婉的回答。

「浮島先生，你要不要再來這裡？丟丟森林也能從『下雨的書店』過去。」

浮島先生正打算用既像點頭又像搖頭的曖昧舉動來回應，但是在那之前，古書先生早一步「啪」的一聲張開翅膀。

「浮島先生，你不願意再來的話，我們會很頭疼的！我們『下雨的書店』的專屬作家——鬼老弟正忙著撰寫王國的故事，在收錄了王國故事的『下雨的書』完成之時，你一定要前來收下。」

正如古書先生所說，鬼魂就連在回到書店的路上，手中的筆也沒有停過。他寫了一大堆備忘筆記，排列出大綱後又不斷重組，而且還寫到稿紙的正面和背面都是滿滿的文字。至於露子的筆記本，則是被當成書籤，夾在空白的「下雨的書」裡。露子並不打算向鬼魂要回筆記本，因為鬼魂一定會把浮島先生的王國寫成精采的故事。

鬼魂這麼專注於寫作，卻沒有把自己關在寫作室裡，原因就在於舞舞子在香菇桌上攤開了魔法桌布，並且變出堆成一座山的點心和茶。

藤葉和蜘蛛網花紋的桌布在特大號的香菇桌上攤開，上面擺著配有蛋白霜和薄荷的桃子茶，有漩渦狀氣泡在其中游泳的桃子蘇打，用花瓣堆疊成的香酥塔，有茂密巧克力葉片的年輪蛋糕，紅色和黑色金魚在裡面若隱若現的寒天果凍缽，放出流星煙火的黃金桃派，淋上七彩糖漿的蝴蝶和花朵造型刨冰，還有漩渦狀的蜂蜜甜甜圈、垂掛在樹枝上的雨滴形彩色糖果、用餅乾做的鳥巢裝天空色冰淇淋——

所有人都聚集到香菇桌旁邊，只有擺滿茶點的桌上不會被雨淋到。

「哇啊——這是我第一次參加舞舞子的下午茶呢！我老早就想嘗一次了。欸，我想讓刻萊諾也吃吃看，妳會介意嗎？」

烏拉拉的眼睛亮了起來。

「當然不介意，我為刻萊諾準備一個特大蛋糕吧。」

舞舞子這麼回答，接著看向浮島先生。浮島先生見到各式高級甜點和茶飲一一出現在眼前，驚訝得不得了。舞舞子帶著微笑對他說：

「浮島先生，你也請用。冒險結束後應該累了吧？歡迎嘗嘗這些甜點。」

儘管舞舞子已經開口邀請，浮島先生仍然顯得有些猶豫不決，於是七寶屋老闆也在一旁幫腔。

「哦？這位客人，你應該不是打算拒絕舞舞子的一番美意吧？哎呀，像是我啊，就是為了享受這一刻而活著呢。」

七寶屋老闆在座位上澈底放鬆下來，把茶往大大的嘴裡灌。

「喂，那隻巧克力蝴蝶是我的。」

正在座位上看書的本莉露，見星丸在桌上跳過來，伸出手指戳了戳他的鳥喙。

「是我先拿的！」

星丸發出「吱」的叫聲抗議。本莉露把書放到腿上，然後把臉湊向星丸。

「是我先的。你再不把嘴巴收回去，我就要叫貘來喔。」

「不可以吵架！點心用搶的就不好吃了！」

莎拉板起面孔，制止兩個人繼續爭執。

露子一邊斜眼看他們，一邊思考扁掉的可樂餅該怎麼跟媽媽交代。她大口喝下桃子汁時，看見浮島先生伸手拿起茶杯，便鬆了一口氣。

「嗯，好喝。」

浮島先生喝了一口舞舞子的茶，似乎對味道相當驚豔。

「的確，我真的開始慶幸自己還活著了。想不到有這麼美味的茶。」

「對吧對吧。」

七寶屋老闆滿意的點頭，浮島先生則是稍微按了一下眼角。雹雹丸垂下一邊的眉毛，在旁邊看著。

不過，浮島先生在喝完一杯茶，並吃完舞舞子切給他的一塊派之後，還是向所有人告辭了。

「非常感謝各位的盛情款待，我明明不值得大家對我這麼好——中途離開固然很失禮，但我一直把店關著來到這裡……現在我有了勇氣，敝店簡陋歸簡陋，和我小時候的夢想也不相同，但那也是我現在的夢想結晶，所以我不能一直放著不管。」

或許是受到舞舞子的茶催化，浮島先生的語氣聽起來比之前開朗許多，走起路來也顯得充滿精神。這樣的人要離開下午茶聚會，回去自己經營的店，在場的人自然沒有多加挽留。古書先生從座位上站起，目送他走到店門口。

「浮島先生，請務必再度光臨，你還得前來收下自己的故事。王國是你傾注靈魂建造出的冒險場所吧？正因如此，鬼老弟和小女孩都沒有不寫下去的道理，所以請你務必要來收下那本書。」

古書先生殷勤叮囑，並且看了一眼露子，害露子差點把刨冰灑到衣服上。浮島先生稍微瞇起眼睛，看著露子慌慌張張的模樣。

「當然了，我也很想拜讀大功告成的故事，我一定會再來的。另外——」

這時，浮島先生轉向露子，對她說：

「如果妳願意，歡迎來我的店裡坐坐。那裡有很多精美的樂器，來摸一摸也可以。」

露子紅著臉頰，用力的點了一下頭。

「好、好的，我一定會去！」

得到她的回應後，浮島先生明顯的泛起笑容。接著，他似乎在草叢裡發現了什麼東西，所以彎腰拾起。出現在他手裡的，是一個帶有黑色光澤的海螺化石。

「哎呀？這難道是從海上鑽進來的嗎？是個菊石化石呢。」

古書先生一聽，立刻露出受夠了的表情，啪噠啪噠的拍起翅膀。

「我說你們這些人類啊！給我聽好了，那是胎盤菊石的化石，是出現在白堊紀菊石目的無脊椎動物！都已經幾歲了還搞不清楚，未免太可悲了，這可是常識啊！」

浮島先生先一步離去後，露子和莎拉繼續喝茶吃點心，直到肚子脹得鼓鼓的，和大家聊天聊到心滿意足才結束。

「哎呀，我得回公會了。真是的，還得寫報告呢。那個永恆女士啊，不讓我重寫個十次，大概是不會善罷甘休的。」

烏拉拉帶著要給刻萊諾的蛋糕，離開了「下雨的書店」。

「那麼，我們也該回去了。」

舞舞子從店裡把露子和莎拉的東西拿過來。露子脫下蝙蝠雨衣，交給舞舞子保管。

「這個料理只要把形狀重新調整好，然後用油或奶油煎到焦黃，一定會很好吃。」

舞舞子把拍乾淨的可樂餅袋子交給露子，還告訴她讓扁掉可樂餅起死回生的方法。

「麥哲倫，再見囉。照照美，下次可以再去幫妳整理庭園嗎？」

莎拉摸著麥哲倫的下巴，同時詢問照照美。照照美點了點頭，回答她「當然可以」。

「我會先做好妳專用的花壇，然後在裡面種滿適合妳的花。」

她帽子上的蝴蝶拍動翅膀，麥哲倫則是晃著金色的尾巴。

始終用一隻手抓起點心往嘴裡塞，另一隻手則握筆寫個不停的鬼魂，突然把頭抬起來。

「喂——等一下，這個故事幾乎都是妳看見的，我一個人消化不來啦，妳要再來幫忙我寫下去喔！」

他用高八度的聲音對露子叫道。露子聽了，臉頰上的紅潮一路竄到耳根，開心得好像在心裡烤出了一個飽滿的大蛋糕。

「我可以一起寫嗎？」

「當然囉。」

鬼魂繼續盯著手邊的稿紙，同時把金魚果凍缽一口拋進嘴裡。他的手片刻不停的動著，彷彿已將不久前連一個字都寫不出來的低潮澈底拋諸腦後。

「妳們要走了？」

本莉露嘟著嘴，視線卻牢牢黏在書本上。之前她在丟丟森林還有搭乘飛行魚移動的時候，把書都看完了，現在她手上的那本書，已經不知道是第幾本了。

「本莉露，不可以讓貘吃掉星丸喔。」

「只要他別沒事找事做。」

「哼！什麼叫沒事找事做？那可是真正的冒險耶！」

星丸「啾──」的發出不滿的低鳴，露子和莎拉則笑著對他們揮手。

「我們走了，再見！」

不久之後，她們會再度來到這裡。到時候，露子會幫忙鬼魂寫故事，莎拉會去照照美的庭園幫忙。舞舞子、照照美、電電丸和七寶屋老闆也向她們揮手道別。至於古書先生，他帶著滿滿的威嚴大力點頭，目送兩人離去。

「我也會傾注全力，協助『下雨的書店』史上最無可比擬的浩大故事完工！」

就這樣，小小的木門「啪」的關上。露子和莎拉抬起頭時，她們已經回到再熟悉不過的圖書館通道。

在通往出口的路上，兩人不斷四處張望，不過圖書館內再也找不到浮島先生的蹤影，想必是趕著回去自己的店裡吧。她們忘記詢問浮島先生的店在哪裡，不過露子轉念一想，只要等下次見面的時候再問就好了。那個時候，她們可能是在「下雨的書店」見面，也可能是在市立圖書館見面。

當下讓她們傷腦筋的是，外面似乎開始下起雨來。窗外的天空一片灰濛濛，館內天花板上的燈光已然亮起。

「雖然舞舞子那麼說……」

露子拎起手上的袋子，看到裡面的可樂餅被壓得慘不忍睹，原本經過一場大冒險心滿意足的情緒瞬間洩了氣，變得如同被壓扁的可樂餅。

「媽媽八成會生氣吧。」

莎拉聽到露子這麼說，壓低聲音像個小大人似的告訴她。

「不用擔心，人家會陪姊姊一起道歉。」

「什麼啊，說得好像只有我不對。」

露子不悅的豎起眉毛。就在這時，莎拉「啊」的叫了一聲，隨即往出口的方向跑去。在玻璃自動門的另一端，有個撐著傘望向圖書館內的人影。

原來是媽媽帶著露子和莎拉的雨衣與雨傘，前來接她們回家了。

露子和莎拉朝下著雨的玻璃門外加快腳步，對媽媽說：「我回來了。」

未完待續，《下雨的書店：雨冠之花》即將出版

作者簡介

日向理惠子

一九八四年生於日本兵庫縣，從小便展現出喜歡畫畫的天分，六歲左右開始把筆記本當成空白繪本，在上面塗鴉創作。小學時因為體弱經常待在保健室，在保健室的老師指導下學會打字。不論在教室或是家裡，總是在讀書或者寫字，也經常抱著寫字用具到處走來走去，雖然實際完成的作品並不多，卻就此開啟了她的創作之路。高中時曾以高木理惠子的名字出版了《前往魔法之庭》（魔法の庭へ），二〇〇八年出版《下雨的書店》之後，以兒童文學作家身分在日本文壇展露頭角。

《下雨的書店》系列已出版至第五冊，除在日本備受歡迎外，也發行多種海外譯本。其他重要著作尚有融合戰爭與奇幻題材、改編為電視動畫的《獵火之王》（火狩りの王）系列、以「不想去上學」念頭展開的《星期天的王國》（日曜日の王国）、以荒廢的遊樂園和外星人為題的《迷路星星的旋轉木馬》（迷子の星たちのメリーゴーラウンド），以及甫問世的《星星的廣播電台與卷螺世界）（星のラジオとネジマキ世界）等作品，每一部都是以純真的兒童之眼創造的想像世界。

創作之餘，日向理惠子喜歡養花蒔草，是一位綠手指。除了在部落格上與讀者分享她的植物日記外，她也將對花草的愛好融入情節創作之中，讓幻想世界充滿自然綠意。

繪者簡介

吉田尚令

一九七一年生於日本大阪，為知名插畫家。一九九〇年自大阪府立港南高校現代工藝科畢業後，從事設計和廣告相關工作，現在以插畫和書籍封面為主要創作領域，由於畫風柔和，經常被誤認為是女性插畫家。繪製作品除了《下雨的書店》系列，還有與知名作家宮部美幸合作的《惡之書》、由演員草彅剛翻譯自韓文的《月之街　山之街》（月の街　山の街）、板橋雅弘「壞蛋爸爸」系列的《我爸爸的工作是大壞蛋》和《我的爸爸是壞蛋冠軍》，以及安東みきえ的《向星星訴說》（星につたえて）等。於二〇〇一年起多次舉辦個展，並以與知名兒童文學家森繪都合作之《希望牧場》獲得國際兒童圖書評議會榮譽獎（IBBYオナーリスト賞）。

譯者簡介

涂祐庭

曾任全職譯者，譯作有《魔女宅急便》特別篇、《黃昏堂便利商店》、《她和她的貓》等。

故事館

下雨的書店：雨中森林

作　　者　日向理惠子
繪　　者　吉田尚令
譯　　者　涂祐庭
美術設計　達　姆
協力編輯　葉依慈
責任編輯　巫維珍

國際版權　吳玲緯　楊　靜
行　　銷　闕志勳　吳宇軒　余一霞
業　　務　李再星　李振東　陳美燕
編輯總監　劉麗真
出　　版　小麥田出版
地址：115台北市南港區昆陽街16號4樓
電話：(02)25000888
傳真：(02)25001951
發　　行　英屬蓋曼群島商家庭傳媒股份有限公司城邦分公司
地址：115台北市南港區昆陽街16號8樓
網址：http://www.cite.com.tw
客服專線：(02)2500-7718｜2500-7719
24小時傳真專線：(02)2500-1990｜2500-1991
服務時間：週一至週五09:30-12:00｜13:30-17:00
劃撥帳號：19863813　　戶名：書虫股份有限公司
讀者服務信箱：service@readingclub.com.tw
香港發行所　城邦（香港）出版集團有限公司
地址：香港九龍土瓜灣土瓜灣道86號順聯工業大廈6樓A室
電話：+852-2508-6231
傳真：+852-2578-9337
馬新發行所　城邦（馬新）出版集團【Cite(M) Sdn. Bhd】
地址：41, Jalan Radin Anum, Bandar Baru Sri Petaling,
57000 Kuala Lumpur, Malaysia.
電話: +6(03) 9056 3833
傳真: +6(03) 9057 6622
讀者服務信箱 :services@cite.my
麥田部落格　http://ryefield.pixnet.net
印　　刷　漾格科技股份有限公司
初　　版　2024年4月
初版二刷　2024年5月
售　　價　360元

ISBN 978-626-7281-58-1
EISBN 978-626-7281-57-4 (EPUB)
Printed in Taiwan.

國家圖書館出版品預行編目資料

下雨的書店：雨中森林／日向理惠子著；吉田尚令繪；涂祐庭譯. -- 初版. -- 臺北市：小麥田出版：英屬蓋曼群島商家庭傳媒股份有限公司城邦分公司發行, 2024.04
面；　公分
譯自：雨ふる本屋と雨もりの森
ISBN 978-626-7281-58-1（平裝）

861.596　　112020962